조정래 대하소설

아리랑

청소년판

조정래 대하소설

아리랑

[제3부 어둠의 산하]

조호상 엮음 | 백남원 그림

미래의 나침반이며 등불

　흔히 학생들이 싫어하는 공부에 꼽히는 것이 수학 다음에 역사다. '연대 외우느라고 머리에 쥐가 난다'는 게 그 이유다. 주입식 암기 교육이 저지른 병폐다. 그건 잘못된 일본식 교육의 잔재인 것이다.

　역사교육은 '연대 외우기'가 아니라 '그 흐름의 이해'여야 한다. 이야기로서의 역사 흐름을 이해하게 되면 연대는 부차적으로 기억하게 된다. 그런데 시험문제를 연대 암기식으로 내니 학생들이 역사 공부에 진저리를 칠 수밖에 없다.

　또한 역사에 대한 일반적 인식도 문제다. 흔히 역사란 '과거'라고 생각한다. 그것은 '시간'만을 한정해서 생각한 아주 잘못된 인식이다. 시간의 흐름이란 한 줄기로 계속 이어져 흐르는 물의 흐름과 같고, 우리 인간들의 생명의 흐름도 그와 다를 게 없다. 따라서 나는 아버지로부터 왔고, 아버지는 할아버지로부터 왔다는 이 쉽고 평범한 사실을 명심하는 것, 그것이 역사 인식의 기본이다. 그러므로 어제는 오늘의 아버지이고, 내일은 오늘의 아들인 것이다. 이 필연적 연속성에 의해 역사는 '지나가 버린 과거'가 아니고 '살아 있는 현재'이며 '다가올 미래'인 것이다. 그래서 역사는 오늘의 좌표를 설정하는 교훈이고, 문제 해결의 방법을 알려 주는 열쇠가 된다. 또한 역사는 미래를 가리키는 나침반인 동시에 미래를 밝혀 주는 등불인 것이다.

우리 한반도는 강대국들 사이에 끼어 있는 작은 땅이다. 우리가 하필 이 작은 땅에 태어나, 살다가, 여기에 뼈를 묻어야 하는 건 우리의 힘으로는 어찌할 도리가 없는 우리의 운명이고 숙명이다. 이 작은 땅, 약한 나라라서 5천여 년 동안에 크고 작은 외침을 931번이나 당했고, 끝내는 일본에게 나라를 빼앗기는 굴욕을 당하고 말았다.

'과거를 기억하지 못하는 사람은 그 과거를 되풀이한다.' 철학자 조지 산타야나의 말이다. '역사를 망각하는 민족에게는 미래가 없다.' 독립투사 단재 신채호 선생의 말이다. 치욕스러운 역사일수록 똑똑하게 기억해야만 하는 이유가 거기에 있다. 그래서 나는 일제 강점기의 굴욕과 핍박과 저항을 『아리랑』에 썼다.

그런데 그 이야기가 너무 길어 공부도 벅찬 학생들에게 꽤나 부담이 될 것 같았다. 그래서 좀 가볍고 쉽게 읽을 수 있도록 '청소년판'을 새로 엮게 되었다. 아무쪼록 우리 민족의 역사를 이해하는 데 청소년 여러분들의 친근한 벗이 되기를 바란다.

광복 70년, 분단 70년에

차례

제3부 어둠의 산하

15

변하는 게 절기뿐이랴

상해는 분명 중국 땅이었다. 그런데 황포강을 따라 즐비하게 솟은 고층 건물들은 하나같이 서양식이었다.

방대근은 프랑스 조계의 공원 언덕배기에서 황포강의 먼 물줄기를 바라보고 있었다. 그 먼 줄기는 양자강이었다. 황포강이 굽이치며 양자강과 합류하는 곳에 상해가 자리 잡고 있었다.

'이번에 떠나면 다시 돌아올 수 있을까? 폭파나 암살 임무도 아니고, 아직 그놈을 죽이지 못했으니 꼭 살아 돌아와야지. 조직의 장래를 위해서도 그렇고……'

방대근은 입을 꾹 다물며 된숨을 내쉬었다.

송수익 선생과 함께 북경에 수국이 누나가 불쑥 나타난 것은 큰 놀라움이었다. 어머니와 누나는 이미 이 세상 사람이 아니라고 마음을 닫은 지 오래였던 것이다.

방대근은 그날 밤늦도록 누나가 겪은 이야기를 들으며 울분과 눈물을 함께 씹었다.

며칠 뒤 방대근은 송 선생, 누나와 함께 만주로 갔다. 어머니 산소에 성묘하기 위해서만이 아니었다. 밀정 양치성이라는 놈이 어찌 되었을지 께름칙했다. 누나가 칼로 찔렀다고는 하지만 죽은 것을 확인하지 않았으니 죽었다고 할 수 없었다.

산소에는 잡초가 무성했다. 벌초를 하는 동안 줄곧 눈물이 쏟아졌다. 평생 고생만 하다가 험하게 돌아가신 어머니의 한평생이 한으로 사무쳤다.

방대근은 어머니 산소를 떠나 국자가에 있는 동경상회를 찾아갔다. 의열단원이 하는 그 상점 이름은 그럴듯한 위장이었다.

"그놈이 살아 있소."

다음 날 늦게 상점 주인이 알아 온 소식이었다. 그런데 그놈은 정식 경찰이 되어 원산경찰서로 옮겨 갔다고 했다. 단칼에 죽여 없애려던 것이 허사가 되고 말았다.

송수익 선생과 지삼출 아저씨에게 그 사실을 알렸다. 언제 다른 밀정이 나타나 누나를 해코지할지 모를 일이었다.

그 뒤에 방대근은 활동 거점을 상해로 옮겼고, 목숨을 걸어야 하는 투쟁에 쫓겨 이따금 편지를 주고받을 뿐 누나를 더 만나지는 못했다.

"어이 대근이, 거기서 뭘 하나?"

방대근은 천천히 고개를 돌렸다.

윤주협이 휘파람을 불며 이쪽으로 걸어오고 있었다. 짙은 갈색 양복에 기름 바른 머리를 매끈하게 빗어 넘긴 그의 몸에서 탄력이 넘쳤다.

"사진 박을라면 얼른 나올 것이제 어째 굼벵이 걸음이여."

방대근은 구시렁거리듯이 말했다.

방대근의 차림도 윤주협 못지않았다. 회색 양복에 흰 와이셔츠를 받쳐 입었고, 빨간 넥타이를 맸다. 단정하게 빗어 넘긴 머리에서는 자르르 윤기가 흘렀고, 검정 구두도 반들반들 빛났다.

"사진사 데리고 곧 올 거네. 헌데, 기분 안 좋은 일 있나? 아까 저격 연습에서도 총이 빗나가고 말야."

사람 좋게 생긴 인상에 비해 눈초리가 매서운 윤주협이 방대근을 빠르게 훑었다.

"아니, 그런 일 없는디……. 하도 오랜만에 고향 땅에 가게 되니 맘이 좀 싱숭생숭헌 것이제."

방대근은 아까 하던 생각을 지우며 밝은 웃음을 지어 보였다.

"자네 혹시 쏘냐하고 약속했나?"

윤주협이 쏘냐 이야기를 꺼냈다.

"자네는 민수희 만나기로 혔는갑제?"

방대근이 윤주협을 바라보며 씨익 웃었다.

"이 사람아, 쏘냐는 자넬 미치게 좋아하지만 민수희는 내 뜻대로 안 되고 있다는 걸 잘 알잖나? 서울내기라 그런지 영 깐깐한 게 우리 의열단원식 열애에는 어울리지 않는 여자야."

윤주협은 풀이 죽어 고개를 저었다.

"허, 의열단원 기개 어디다 두고 그런 소리여? 민수희는 3·1 만세 주도혔다가 이 상해로 내뛴 인물 아니여?"

"그렇기는 하지. 저기 사진사를 데리고 오는구만."

방대근과 윤주협은 언덕배기를 천천히 걸어 내려갔다. 저쪽에서는 양복을 입은 예닐곱 명의 멋쟁이들이 쾌활하게 웃으며 걸어왔다.

그들은 숲을 배경으로 사진 찍을 준비를 했다. 방대근과 윤주협 그리고 또 한 사람이 가운데 서고 다른 사람들은 양 옆으로 섰다. 오늘의 주인공은 가운데 세 사람이었다.

삼발이 위에 사진기를 받친 사진사가 검은 천을 둘러쓰고 사진기를 조절했다. 그들은 언제 떠들고 웃어 댔나 싶게 모두 비장해져 있었다. 그럴 수밖에 없는 게 이 사진은 단순히 훗날의 추억을 위해 찍는 게 아니었다. 의열단원들은 동지들이 새 임무를 맡아

14

떠날 때마다 함께 기념 촬영을 했다. 그 기념 촬영은 거의가 영원한 이별이 되었다. 5년 동안 300여 명이 사진만 남겨 놓고 영영 돌아오지 않았다.

"자, 찍습니다! 하나, 둘, 셋!"

사진사가 고무줄에 연결된 셔터를 눌렀다.

"자네들 셋은 이제 애인이나 만나게. 이별주는 저녁에 마시기로 했으니까."

방대근, 윤주협, 이상태를 남겨 놓고 나머지 대원들은 자리를 떴다. 모레 상해를 떠날 세 사람에게 자유로운 시간을 만들어 준 것이다.

"자네들 약속했나? 인생은 짧고 사랑은 뜨겁다네."

차돌 같은 인상의 이상태가 손을 흔들며 돌아섰다. 이상태는 평양에서 학생 대표로 3·1운동을 주도하고 상해로 빠져나온 사람이었다. 그는 대동강 철교를 폭파하려다가 사전에 탐지되어 실패하고 기적적으로 살아 돌아온 인물이기도 했다.

"자네는 어쩔 셈이여?"

방대근이 놀리듯 물었다.

"빌어먹을, 지금 병원에 찾아가 봐야 뭐하겠어. 쏘냐 집에 가서 브랜디 한잔 얻어 마시면 안 될까?"

간호학교 출신인 민수희는 병원에 근무 중이라 만날 수가 없었다.

"쏘냐헌티 미움 사는 것이야 내 알 바 아니네?"

"걱정 말게. 내 수완이 손오공 수완 아닌가?"

그들은 담배 연기를 날리며 걷기 시작했다.

"하이, 동지!"

웬 서양 사람이 오토바이를 타고 가며 그들에게 팔을 번쩍 치켜들었다.

"헤이, 마르틴!"

방대근이 재빨리 손을 흔들었다.

마르틴은 독일인이면서 의열단 단원이었다. 폭탄 제조 기술자인 그는 월급을 받는 유일한 단원이기도 했다. 상해에 있는 12군데의 비밀 폭탄 제조소가 그의 일터였다. 독일인이면서 독일인과 일본인을 끔찍이 싫어하는 마르틴이 할 줄 아는 유일한 조선말이 '동지'였다. 그는 조선 사람의 입장을 잘 이해했고, 테러리스트들을 아주 높이 평가했다. 마르틴이 애지중지하는 오토바이는 의열단에서 사 준 것이었다. 일의 기동성을 높일 겸 격려의 뜻도 있었다.

쏘냐의 집은 프랑스식 연립주택 2층이었다. 방 한 칸을 세내어 살고 있었다.

"왜 이리 늦었어요. 얼마나 걱정했다구요."

문을 열자마자 방대근에게 하는 쏘냐의 말이었다.

쏘냐는 아버지가 러시아 사람이고 어머니가 조선 사람이었다. 아버지가 돌아가신 뒤에 상해로 돈벌이를 온 것이었다. 서너 달 전, 두 사람은 쏘냐가 일하는 바에서 처음 만났다. 쏘냐는 조선말을 잘하는 데다 일본 사람을 아주 미워했다. 방대근은 그런 쏘냐에게 금세 사로잡히고 말았다.

"쏘냐, 애인 얼굴이나 많이 봐 두시오."

독한 술을 한 모금 삼킨 윤주협이 콧잔등을 찡그리며 말했다.

"예? 그게 무슨 소리예요?"

술잔을 입에 대려다 말고 쏘냐가 큰 눈동자를 굴렸다.

"곧 이 사람도 나도 상해를 뜰 거요."

"어머, 어쩌면 좋아요. 그런 줄 알면서 왜 오셨어요. 방해하지 말고 어서 가세요, 어서."

쏘냐는 거침없이 윤주협의 팔을 잡아 일으켰다. 방대근이 쿡쿡 웃었고, 윤주협은 쫓겨났다.

이틀 뒤, 방대근과 윤주협은 중국 상인의 졸개로 변장하고 밤배를 탔다. 중국 상인의 보호를 받으며 인천항으로 들어갈 작정이었다. 평양 출신인 이상태는 진남포로 가는 다른 배를 탔다.

휘황하던 상해의 불빛이 사라지자 밤바다의 어둠은 더욱 짙어지고 하늘 가득 별들이 맑게 반짝였다. 방대근은 수많은 별들을 올려다보았다.

“무리하지 마시오. 더 이상 무모한 희생을 당해선 안 되오. 생명
보존이 첫째임을 다들 명심하시오.”

떠나기 직전 술을 한 잔씩 나누며 단장 김원봉이 한 말이었다.

방대근은 같은 또래인 김원봉의 말을 되짚어 보았다. 그의 말에는 의열단의 앞길에 대한 고민이 깔려 있었다.

갑판 위의 밤바람이 차가웠다. 통통거리는 뱃소리와 물살 갈리는 소리가 끊임없이 뒤섞이고 있었다. 방대근은 그때가 떠올랐다. 그때도 배는 밤바다를 가르고 있었다. 목적지는 안동이었고, 압록강 철교를 폭파할 계획이었다. 영국 깃발을 단 조그만 장삿배에는 단원 20여 명이 탔고, 폭탄이 수십 개 실려 있었다.

그러나 일은 빗나가고 말았다. 안동에서 일이 진행되는 동안 일본 수비대의 검거가 시작된 것이었다. 어떻게 비밀이 샜는지 따질 겨를이 없었다. 처음부터 일을 도왔던 영국 회사 이륭양행의 직원과 일꾼들이 체포되는 가운데 의열단원들은 결사적으로 안동을 탈출했다.

그 사건으로 단원 열 명을 잃었다. 방대근은 그게 첫 작전 참가였다. 가까스로 천진으로 빠져나와 상해로 돌아오면서 그는 줄곧 괴로움에 시달렸다. 다시는 볼 수 없게 된 선배 동료들의 모습을 지울 수가 없었다.

'제군들 하나하나가 모두 조선이다! 민족의 생존을 위한 투쟁에서 우리는 승리만 할 수는 없다. 때로는 패배도 할 수 있다. 그러나 패배는 치욕이 아니다. 투쟁에 나서지 않고 투쟁을 기피하는 것, 그것이 가장 큰 비굴이고 치욕이다. 우리 조선인의 정의는 투쟁이고, 가장 큰 명예는 투쟁하다 죽는 것이다!'

신흥무관학교의 가르침이었다. 그 가르침에 따라 의열단에서 죽어간 신흥무관학교 출신은 150명이 넘었다. 방대근은 그 가르침을 붙들고 기운을 냈다. 자신에게 내려오는 임무는 주로 밀정 제거였다. 그동안 북경과 만주를 오가며 처치한 밀정이 여섯이었다. 그러면서도 어머니와 누나의 원수인 양치성이는 없애지 못했다. 조직이 지목하지 않은 놈인 데다가, 개인행동을 하기에는 거리가 너무나 멀었다.

압록강 철교 폭파 실패가 의열단 투쟁에는 아무런 영향을 미치지 않았다. 그전에 벌써 밀양경찰서를 폭파하고, 조선총독부에 폭탄을 터뜨린 기세 그대로 상해를 방문한 일본군 대장 다나카를 저격하는 사건을 일으켰다. 그리고 다음 해인 1923년 1월에는 종로경찰서를 폭파했고, 3월에는 대량의 폭탄을 국내로 밀반입한 사건이 일어났다. 실패로 끝났으면서도 그 일이 세상을 뒤흔든 것은 폭탄의 양이 엄청난 때문만이 아니었다. 그 사건의 주동자 가운데 한 사람인 황옥이 현직 경부였던 것이다. 총독부 경찰관이 의열단 단원이었으니 세상이 시끌시끌하지 않을 수 없었고, 의열단의 명성은 하늘 높은 줄 모르고 솟았다. 그리고 올 1월에는 일본 동경의 이중교에 폭탄을 투척했다. 이렇게 되자 악독하기로 소문 자자한 총독부 경무국장 마루야마가 특별담화문을 발표하기에 이르렀다.

'의열단은 광포한 암살단으로, 밀양 출신의 김원봉이 단장이다. 이자는 상해, 북경, 천진을 다니면서 항상 음모를 꾸미고 있어서 당국에서도 그를 체포하기 위해 고심하고 있다.'

경무국장은 자기 체면이 깎이는 것을 무릅쓰고 '체포를 위해 고심하고 있다'고 실토했다. 약산 김원봉에게 거액의 현상금이 붙은 것은 이미 오래된 일이었다. 그러나 약산이 프랑스 조계에서 지내는 한 아무리 많은 현상금도 다 부질없는 것이었다.

배는 지칠 줄 모르고 통통거리며 밤바다를 헤쳐 가고 있었다.

인천 해관에서 중국 상인 진 씨는 헌병대장 앞에 은밀하게 보퉁이를 내밀었다. 그 큼직한 보퉁이에서 나온 것은 호랑이가 금방 뛰쳐 오를 듯 생동감 있게 박제된 호랑이 가죽이었다.

"백두산 순종에 수놈입니다. 마음에 드시는지요?"

진 씨는 사르르 눈웃음치며 고개를 숙였다.

"마음에 들다 뿐이오. 이걸 갖지 않고서야 대일본의 무사가 아니지. 흐흐흐흐……."

헌병대장은 너무 좋아서 어깨를 들썩이며 웃어 댔다.

"대장님께서 살펴 주시는 덕분에 장사가 잘돼 이번에 물건을 좀 많이 가져왔고, 젊은 일꾼 놈도 둘 데려왔는데…… 어찌 좀…….."

진 씨가 손을 맞비비며 머리를 조아렸다.

"아, 염려 마시오. 당신 장사가 잘되는 건 좋은 일이니까."

헌병대장의 대꾸는 아주 흔쾌했다.

방대근과 윤주협은 이름과 고향만 대고는 해관을 통과해 인천역에서 헤어졌다. 경성역에서 강경행 기차로 갈아탄 방대근은 가슴이 설렜다. 마침내 고향으로 가고 있다는 것이 실감났다. 어느덧 10년 세월이 넘어 있었다.

기차는 해거름에 강경에 닿았다. 강경은 옛 모습은 찾기 어려울 만큼 일본식 도회지가 되어 있었다.

방대근은 선창 가까이에 있는 옥미 정미소를 확인해 놓고 어두워지기를 기다리며 국밥을 사 먹었다. 정미소 뒤쪽으로 네 번째에 있는 기와집, 거기가 김철호의 집이었다.

방대근은 어둠살이 차츰 짙어 오는 골목을 몇 번 돌며 김철호의 집 안을 살폈다. 방대근은 김철호의 얼굴을 몰랐다. 암호와 의열단 신표가 있을 뿐이었다.

이윽고 대문 열리는 소리가 났다. 일본식 활동복을 입은 남자가 나왔다.

"실례허겄구만요. 김철호 선생이신게라?"

"그런디…… 누구요?"

당황한 남자의 목소리에 경계의 빛이 드러났다.

"예, 지리산 약산골에서 캔 동삼을 갖고 왔는디요."

"아니, 약산골?"

그 남자는 반갑게 다가서다 말고, "어디 동삼을 봅시다."라고 냉정하게 말했다.

방대근은 대추 세 알을 내보였다. 지리산 '약산골'이란 의열단 단장 김원봉의 호 '약산'을 뜻했고, 동삼이란 신표를 말하는 것이었다.

"먼 길 오시느라 얼마나 고생 많으셨소. 얼른 여길 뜨십시다."

대추 세 알을 받아 든 김철호가 방대근의 팔을 잡아끌었다.

김철호는 한동안 걸어 어느 외딴 초가집으로 들어갔다.

"여기는 우리 이모님 집으로 안전허구만요."

등잔불 빛에 드러난 김철호는 스물대여섯 나 보이는 듬직한 사나이였다. 얼굴이 넓고 광대뼈가 약간 불거진 것이 배포도 있어 보였고, 꽤나 학식이 든 것 같기도 했다.

곧 술상이 들어왔다.

"자, 한 잔 받으시씨요. 인제 술도 다 공장 술이라 맛이 게심심허기는 혀도 마시면 취허기는 형게 많이 드시게라."

김철호가 술주전자를 들었다.

"예, 진작부터 집에서 술을 담가 먹으면 잡아가고 벌금을 물린다면서요?"

"참, 왜놈들 허는 짓거리마다 기가 차구만요. 세금을 많이 뜯어

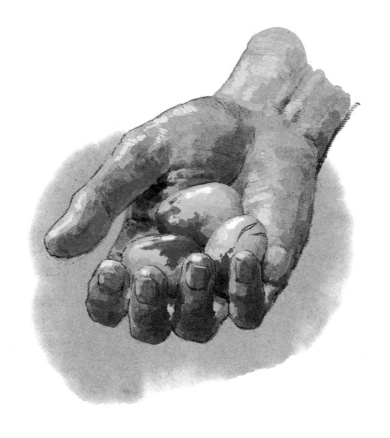

닐라고 대가리를 굴린 것인디, 소금부터 술 담배는 말헐 것도 없
고 생강까지 전매사업으로 묶어 놨구만요. 가난헌 조선 사람들
은 이중 삼중으로 피 빨리느라 살기가 지옥이구만요."

방대근은 천천히 잔을 기울이며, 이 사람도 사회주의 의식을 가진 게 아닐까 하고 생각했다.

"어쨌거나 이 지옥에서 어서 벗어나야 허는디 큰일이구만요. 헌디, 지금 자금 사정이 심각헙니다. 여기 사정도 안 좋은갑제요?"

방대근이 김철호를 지그시 건너다보았다. 그 눈길은 여기에 온 임무가 무엇인지 밝히고 있었다.

"면목 없구만요. 3·1운동 이후에 부자나 지주들이 몇 번 협조를 잘허는가 싶더니, 차차 관심이 줄다가 그놈의 자치론이 생겨나면서 아예 등을 돌렸구만요. 가망 없는 독립에 헛돈을 쓰느니 자치론 쪽으로 붙는 것이 낫다 생각헌 것이겠지요. 거기다가 자주 일어나는 소작쟁의 때문에 지주들 맘이 더 변허기도 허고, 그 꼴이구만요."

그 말을 듣고 방대근은 술을 연거푸 두 사발이나 비웠다.

'……강도 일본과 타협하려는 자(내정독립, 자치, 참정권론자)나 강도정치 밑에서 기생하려는 생각을 가진 자(문화운동자)나 다 우리의 적임을 선언하노라.'

방대근은 단재 신채호 선생이 쓴 「조선혁명선언서」를 떠올렸다. 의열단의 투쟁 목표와 행동 강령을 만천하에 밝힌 그 글은 '의열단선언서'라고도 불렀다.

"여기야 노동쟁의는 별로 없을 것이고, 소작쟁의는 어찌 되고 있는게라? 그것이 조직적인지, 즉흥적인지……."

방대근이 김치를 씹으며 물었다. 소작쟁의가 어떻게 이루어지는지 알아내는 게 그의 두 번째 임무였다.

"……거의가 조직적으로 일어나고 있다고 봐야 쓸 것이구만요."

"거의가……."

방대근은 고개를 주억거리다가, "김 동지는 공산주의를 어찌 생각허시오?"라고 불쑥 물었다.

"……책을 몇 권 읽어 보니, 옳은 이론이 많기는 헌디 아직은 전체를 다 파악 못 허고 있구만요."

김철호는 방대근이 그런 것을 묻는 의도를 알아내려는 눈빛이었다.

"공산주의에 농민들 호응이 큰 모양이오?"

방대근이 다시 물었다.

"왜놈 타도 조선 독립, 지주 타도 농지 분배, 농민들헌티 이만치 좋은 구호가 있겠능가요?"

방대근은 김철호의 명쾌함에 동감하며 다시 술잔을 비웠다.

"소작쟁의가 해마다 늘고 있는디, 그것이 바로 사회주의자가 늘고 있다는 뜻 아니겠소?"

"그렇구만요."

"요새는 중국이고 어디고 다 비슷하오."

방대근은 그 말을 하며 의열단을 생각했다. 의열단원들의 사상은 민족주의, 무정부주의, 공산주의가 섞여 있었다. 그 가운데 공산주의가 급속히 확산되고 있었다.

"근디 내일부터 한 사나흘 동안 부잣집을 몇 집 골라 터는 것이 어쩌겠소?"

방대근이 불쑥 내놓은 말이었다. 그의 눈빛은 흐린 등잔불 빛 속에서도 이글거렸다.

"예? 무슨 말씀이다요?"

놀란 김철호는 허리를 곧추세웠다.

"헛걸음헐 수야 없는 일 아니겄소?"

"무슨 그런 서운헌 말씀을……. 아무리 형편이 어렵다 혀도 지가 빈손으로 뜨시게야 허겄능가요? 왜놈들 경찰 망이 빈틈없이 짜여 있응게 그런 생각은 당최 안 허는 것이 좋구만요."

김철호는 고개를 내둘렀다.

이튿날, 방대근은 어둠살을 밟으며 군산행 기차에 올랐다. 노동자와 농민들이 어떻게 변해 가고 있는지 자세히 알려면 손판석 아저씨를 만나야 했다.

군산역에 내리자 어둠이 짙어 있었다. 방대근은 째보선창부터 찾아갔다. 거기서 십장 손 샌의 집은 바로 알아낼 수 있었다.

"니가, 아니 자네가……, 자네가 대근이라고!"

처음에 누군지 몰라본 손판석은 방대근을 붙들고 목이 메었다.

방대근은 손판석에게 뜻밖의 소식을 듣고 한동안 어리둥절했다. 보름이 큰누님이 군산에 살고 있으리라고는 꿈에도 생각지 못한 일이었던 것이다.

"자네 누나를 불러야겠네. 누나는 셋방살이라 눈이 많은게."

손판석은 밖으로 나와 아내에게 귀띔했다.

"대근이는 보름이가 팔자 사납게 살아온 줄 모릉게 입도 뻥끗허지 말라고 허란 말이시. 알아들었제!"

보름이를 만난 방대근은 한참을 멍하니 서 있었다. 반가움 탓이 아니었다. 방대근은 고생에 찌든 중년 여자한테서 큰누님의 곱던 모습을 찾을 수가 없었고, 보름이는 눈앞에 선 건장한 남자가 막냇동생이라고 믿어지지 않았다.

"어, 엄니허고 수국이는…… 모, 모두 무사허다냐……?"

동생을 붙든 보름이는 걷잡을 수 없는 울음으로 말을 제대로 못했다.

방대근은 어머니가 당한 참변만 이야기하고 수국이 누나는 시집가서 잘 산다고 얼버무렸다. 그 기구한 팔자를 구구하게 입에 올리고 싶지 않았다.

방대근은 노동자들과 사회주의자들의 관계를 손판석에게 자세히 알아보았다. 부두 노동자들에게 사회주의자들이 손을 뻗친 것은 이미 오래였고, 노동자들의 호응도 날로 커질 거라고 했다. 손 판석의 말은 김철호의 말과 똑같은 셈이었다. 상해에서 생각했던 것보다 국내의 변화는 한결 빠르게 진행되고 있었다.

이런저런 말이 오가다가 서무룡 이야기가 나왔다. 방대근은 큰 충격을 받았다. 경찰과 헌병대의 앞잡이 노릇을 하고 있다니, 용 서할 수 없었다.

"맘을 돌리게 허면 어쩌겠소?"

방대근은 분노를 누르면서 말했다.

"아서, 그놈은 뼉다구까지 왜놈 다 되야 부렀어. 권세에 돈 에……."

손판석은 고개를 절레절레 흔들었다.

'그놈을 없애는 수밖에 없다!'

방대근의 가슴에 불기둥이 솟았다. 그러나 찬물을 끼얹는 소리 가 울렸다.

"무리하지 마시오!"

단장이 당부한 말이었다.

방대근은 나흘째 되는 날 군산을 떠났다. 기차를 타고 가는 내 내 가슴이 눈물에 젖었다. 고생에 찌든 큰누님의 떡함지 인 모습 이 줄곧 따라왔다.

방대근은 강경에 이틀을 더 머물렀다가 한성행 기차를 탔다.

"나중에 정미소가 제 앞으로 되면 사정이 좀 풀릴 거구만요."

김철호가 전대를 내놓으며 면목 없어 했다.

"요것이 어디 혼자 짊어질 일이간디요."

방대근은 탄식처럼 말했다.

방대근은 기차 창밖으로 눈길을 보내며 윤주협이나 이상태도 자신과 비슷한 형편일 거라고 생각했다.

16

최초의 동정파업

"아니, 물가는 오르는디 품삯을 깎는 법이 세상에 어디 있능게
라?"

한 인부가 앞으로 나서서 사정하듯 말했다. 다른 인부 다섯은
그 뒤에 둘러서 있었다.

"어허, 여기저기 뜯기는 데는 많고, 기계가 돌아 봐야 밑지기만
하니 별수 없어. 더 잔소리 말어!"

백남일이 싸늘하게 내쳤다.

"해도 해도 너무허요. 그 코딱지만 헌 품삯을 깎는 법이 어디
있다요."

다른 인부가 내뱉은 말이었다.

"뭣이여? 코딱지만 헌 품삯! 요것들이 배때지가 뜨뜻헝게 못 허는 소리가 없어. 이놈들아, 당장 부두에 나가 봐. 내가 주는 돈이 얼마나 큰돈인지."

백남일은 기세등등하게 소리쳤다.

"이래서는 안 되겠소. 그냥 갑시다."

한 사람이 앞에 나섰던 인부의 팔을 잡아끌었다.

백남일은 사무실을 나가는 인부들을 눈 아래로 깔아 보며 웃음을 흘렸다.

다음 날 느직이 정미소에 나온 백남일은 뜻밖의 사태에 부딪혔다. 한창 돌아가며 쌀을 쏟아 내고 있어야 할 기계가 멈추어 있었다.

"강 씨, 강 씨, 뭐 허고 있능겨!"

백남일은 목청껏 소리치며 정미소로 뛰어들었다.

"나락이 없어 기계를 못 돌리고 있구만요."

기술자 강 씨가 떨떠름한 얼굴로 말했다.

"뭣이여! 요것들 다 어디 갔어?"

백남일은 그때서야 인부들이 보이지 않는다는 것을 알았다.

"우리 여기 있소."

정미소 안쪽에서 들려온 말이었다.

"아니, 거기서 뭣들 허고 자빠졌어!"

감정이 폭발하는 백남일의 고함이 정미소 안을 찌렁 울렸다.

"우리 일 안 허고 자빠졌소."

백남일의 고함에 맞서는 반항적인 목소리였다.

"요런 죽일 놈들 보소!"

백남일은 욕을 내지르며 그쪽으로 내달았다. 그러면서 무슨 일이 일어났는지 순간적으로 깨달았다. 파업, 경성 고무신 공장이며 평양 양말 공장 같은 데서 이삼 년 전부터 일어나고 있는 그 노동쟁의라는 것이 바로 자신의 정미소에서 일어난 것이었다. 그는 가슴이 철렁했다. 그러나 곧바로 대책이 떠올랐다.

"자, 좋은 말로 헐 때 일 시작혀!"

백남일은 인부들 앞에 버티어 서서 명령했다.

"깎은 품삯을 도로 올리기 전에는 일 못 허겄소."

대거리하는 인부의 목소리도 짱짱했다.

"자, 인제 끝으로 묻는다. 일 허겄어, 안 허겄어!"

백남일의 입가에 비웃음이 어렸다.

"안 올리면 죽어도 못 허겄소."

인부들은 미리 약속한 대로 응수했다.

다음 날 정미소 문 앞에는 백남일이가 버티고 서 있었다. 정미소 기계는 돌아가고 있었다.

"일헐 사람이야 얼마든지 있응게 소원대로 가서 푹 쉬드라고."

백남일은 인부들을 깔아 보며 비아냥거렸다.

인부들은 아무도 입을 열지 못했다.

"두고 봅시다, 우리도 수가 있응게."

한 인부가 한껏 목청을 높이며 돌아섰다.

인부들은 째보선창의 술집을 찾아들었다.

"고런 느자구 없는 놈, 대가리가 그리 돌아가네 이?"

"고것이야 우리도 얼추 짐작헌 것 아니여?"

"아까 자네, 우리도 수가 있다고 혔는디, 무슨 수여?"

"그야 우리가 그 자리를 다시 차지허고 들어가는 것이시."

아까 그 인부가 입가에 묻은 막걸리를 훔치며 말했다.

"자네가 무슨 신통술이 있다고……."

"내가 무슨 신통술을 부리든 딱 맡겨 놓고, 자네들은 찰떡같이 똘똘 뭉치기만 혀. 무슨 소린지 알아먹어?"

그 인부는 팽팽한 눈길로 동료들을 둘러보았다.

"이 사람 아무 소리도 안 해 놓고 알아먹긴 뭘 알아먹어?"

"우리끼리 못 헐 소리가 뭐 있능가? 속 시원히 탁 털어놓소."

"허, 참말로 이 사람들허고 일 못 해 먹겠네. 말이란 것이 어디 참자고 참아지간디? 우리 일은 미리 소문 퍼지면 망허는 것잉게 그러는겨."

그 인부는 언짢은 얼굴이었다.

"그려, 을남이 자네 말이 맞어. 아는 것이 병잉게 어디 혼자서 재주를 부려 봐. 우리야 자네만 믿고 있을 것잉게."

나이 든 인부가 말했다.

"야아, 며칠 안으로 일 쌈빡허니 되게 만들겠소."

배을남이가 자신 있게 말했다.

인부들과 헤어진 배을남은 혼자 고 선생 집을 찾아갔다.

"아니, 배을남 씨가 여기까지 웬일이오? 무슨 일 생겼소?"

그 사람은 영명중학교 선생 고서완이었다.

"야아, 정미소에 일이 생겨서……."

"앉으시오. 혹시 배을남 씨가 여기 온 걸 누구 아는 사람은 없소?"

고서완이 자리를 권하며 물었다.

"아무도 없구만이라우. 혼자 살짝 왔응게요."

"잘됐소. 시장하실 테니 밥을 먹으면서 이야기 듣도록 합시다."

고서완이 밥상을 들이라고 일렀다.

배을남은 밥을 먹으면서 정미소에서 생긴 일을 다 이야기했다.

"옳게 생각했소. 물러나서는 안 되고 다시 그 자리로 들어가야 하오. 한 사람도 빠지지 말고 날마다 정미소로 나가서 버티시오. 허나 주인이 뭐라고 해도 주먹 다툼을 해서는 안 되오. 이쪽에서 뒤집어쓰게 되니까. 내가 며칠 안에 일을 해결 짓겠소."

고서완이 신중하게 말했다.

"야아, 알겠구만이라우."

인부들 여섯은 다음 날도 정미소로 나갔다. 일이 다 끝난 줄 알았던 백남일이 허둥지둥 앞을 가로막았다.

"이놈들아, 무슨 낯짝으로 여길 또 와! 꼬라지 보기 싫으니 당장 없어져!"

백남일은 소리를 질렀다.

그러나 그들은 들은 척도 않고 하루 종일 햇볕 아래 앉아 버티었다. 그리고 정미소 기계가 멈출 때 자리에서 일어났다.

다음 날도 그들은 또 나타났다.

"저런 죽일 놈들, 어디 누가 이기나 보자. 거기서 다 굶어 뒈져 봐라."

백남일은 부들부들 떨었다.

그들은 다시 하루 종일 버티다가 정미소가 문을 닫자 흩어졌다.

사흘째에도 그들은 정미소 앞에 나타났다.

"하이고, 저것들이 귀신이여, 사람이여!"

백남일이 토해 낸 소리였다.

그런데 얼마 지나지 않아 한 떼의 사람들이 몰려들었다. 그들 열댓 명은 다짜고짜 큰 문을 떠밀고 정미소 앞마당으로 들어섰다.

"느그들은 누구여?"

사무실에서 뛰어나온 백남일이 외눈을 희번덕이며 소리 질렀다.

"우린 딴 정미소 인부들이요. 품삯을 깎는 것도 안 될 일인디, 사람을 몰아내기까지 혀라?"

한 사람이 따지고 들었다.

"아니, 니놈이 뭔디 남 제사에 배 놔라 감 놔라여?"

백남일이 쏘아 질렀다.

"자, 말로 해서 안 되니 다들 들어가서 새로 온 인부들을 끌어
냅시다."

그 사람의 말에 열댓 명이 백남일을 밀치고 정미소 안으로 우
르르 몰려 들어갔다.

"아니, 저, 저놈들이……."

백남일은 어쩔 줄을 모르고 허둥거렸다.

새로 온 인부 여섯은 그들에게 붙들려 곧 밖으로 끌려 나왔다.

"요런 염치없는 인종들아, 남 밥그릇 뺏는 것 어디서 배웠어? 당장 여기서 떠. 또 한 번만 여기 오면 그땐 다리몽둥이를 작신 분질러 버릴 것잉게."

그 말이 떨어지자 여섯 인부를 붙들고 있던 사람들이 그들의 엉덩이를 걷어찼다. 새로 온 여섯 인부들은 겁에 질려 달아났다.

"이놈들아, 느그가 뭔디 남 일에 끼어들어!"

백남일이 분을 못 참아 부들부들 떨었다.

"우리? 우리는 군산정미노동조합 조합원이오. 깎은 품삯을 도로 올리고, 저 사람들을 그대로 쓰씨요!"

"시건방지게 주둥이 놀리지 말어! 느그 놈들 싹 다 쓴맛 볼 것잉게."

백남일은 뿌드득 이를 갈았다.

그들은 곧 경찰에 체포되었다. 물론 배을남이네 여섯 명도 함께 붙들려 갔다.

백남일은 재빨리 새 인부들을 구해 빈자리를 채웠다.

그런데 백남일은 다음 날 더 궁지에 몰렸다. 다시 한 떼의 인부들이 몰려든 것이다. 그들은 어제보다 더 많은 스물댓 명이었다. 그들은 어제하고 똑같이 정미소로 뛰어들어 새 인부들을 몰아냈다.

백남일은 또 허겁지겁 경찰서에 연락했고, 그들 스물댓 명도 경찰에 체포되었다.

그런데 오후가 되면서 경찰서가 소란해졌다. 정미소 주인들이 경찰서로 전화를 하고 찾아오고 했던 것이다. 정미소가 안 돌아가니 인부들을 풀어 주라는 것이었다. 그 정미소 주인들은 일본 사람이 더 많았다.

이틀 동안 체포된 인부는 40명이 넘었다. 한 정미소에 여섯 명씩 잡으면 일곱 개의 정미소가 돌아가지 못하고 있는 셈이었다.

그런 데다 그 문제가 해결되지 않으면 다른 정미소 인부들이 또 들고일어날 거라는 정보가 들어왔다. 그렇게 되면 쌀을 배에 실을 수가 없게 되고, 그 피해가 일본까지 미치게 되어 있었다. 그러면 그 책임은 자기네 경찰서로 날아올 수밖에 없었다.

"여러 말 할 것이 없소. 경찰에서도 협조할 만큼 했으니까 계속 정미소 해 먹고 싶으면 임금을 도로 올리고 그 인부들을 다시 채용하시오."

사찰과장의 말이었다.

"아니, 어찌 그럴 수가 있습니까?"

백남일은 저항의 빛을 보였다.

"정미소 더 해 먹고 싶지 않소!"

"……."

백남일은 눈길을 떨구었다.

경찰에서는 그날 밤에 노동자들을 다 풀어 주었다.

이튿날, 백남일은 집에 앓아누워 있느라 아예 정미소에 나오지 않았다. 인부 여섯은 돌아가지 않는 정미소를 하루 종일 지키다가 흩어졌다. 다음 날도 정미소는 돌아가지 않았다.

사흘째 되는 날 백남일은 결국 정미소로 나갔다. 누워 있을수록 손해만 커졌던 것이다.

"죽일 놈들, 그동안 일 못 하고 손해난 것 다 벌충해 내!"

백남일이 큰 문 앞에 서 있던 여섯 인부들에게 소리친 말이었다.

여섯 인부들은 욕을 먹거나 말거나 그저 벙글거리며 정미소 안으로 뛰어들었다.

이렇게 정미소 파업은 8일 만에 노동자들의 승리로 끝을 맺었다. 그 소문은 금방 군산 시내로 퍼졌다.

그 일을 당사자들 못지않게 즐거워한 사람은 고서완이었다.

그는 점심시간에 전화를 받았다.

"여보세요, 고 선생님이신가요. 저는 조독만이 아버지 되는 사람입니다. 방과 후에 좀 뵈었으면 합니다."

"아 예, 그러십니까? 아드님이 착실하고 공부를 잘합니다."

누가 들으나 학부형과 선생의 대화였다. 그러나 상대방은 학부형이 아니라 정도규였다. 조독만이라는 학생 이름은 '조선 독립만세'를 줄인 암호였다. 우체국 교환실의 도청에 대비한 것이었다.

고서완은 자전거를 타고 군산 시내를 벗어나 들길을 따라 달렸다. 정도규는 외딴 농가에 먼저 와서 기다리고 있었다.

"한성에서 언제 내려오셨습니까?"

"어제 왔소."

정도규와 고서완은 반갑게 악수를 나누었다.

"군산 정미소 소문 들었소."

정도규가 더없이 흡족하게 웃었다.

"선배님은 안 계시고, 혼자 불안해하며 시도한 일이 어떻게 잘 풀렸습니다."

고서완이 쑥스럽게 웃었다.

"아니오, 큰일을 치밀하게 잘해 냈소. 이번 동정파업 성공은 여러모로 의미가 큽니다. 첫째가 조선 최초로 성공시킨 동정파업이란 사실이오. 둘째가 노동자들과 기업주들에게 같은 업종의 노동자들이 공동으로 대처하는 단결력을 보여 주는 모범을 보인 것이오. 셋째는 전국적인 파급 효과가 클 것이라는 점이오. 자기가 세운 공을 과대평가하는 것도 문제지만 과소평가하는 것도 문제란 걸 알아 두시오."

정도규는 흔쾌히 소리 내어 웃었다.

"아이고 무슨……. 그나저나 한성 집회는 잘되었습니까?"

고서완은 쑥스러워 하며 말머리를 한성 집회로 돌렸다.

"집회는 대성공이었소. 예정대로 조선노농총동맹 창립총회까지 마쳤소. 노농총 창립으로 독립운동은 새로운 전환기를 맞게 되었소."

정도규도 새로운 기운에 넘쳐 말했다.

"회원들은 얼마나 모였던가요?"

"가맹단체가 181개에 대표들이 295명이었소. YMCA 강당이 입추의 여지가 없었소. 그래서 그 위세를 몰아 갈수록 심해지고 있는 자치운동에 선전포고까지 했소."

"아, 그것 참 시기에 딱 맞는 결정입니다. 자치를 하자는 자들이야말로 새로운 친일파들 아닙니까?"

"이번 결정으로 자치주의자들이 새로운 친일파라는 사실이 드러나면서 여지없이 궁지에 몰리게 될 것이오. 그리고 민족주의 세력 중에서 자치를 내세우는 타협파와 자치를 반대하는 비타협파가 확실하게 나뉠 것이오."

"진작 그렇게 되었어야 합니다. 앞으로 독립운동을 하면서 누가 적이고 누가 동지인지 알아야 하니까요. 어쨌든 이광수, 최남선이 제일 먼저 궁지에 몰리게 생겼군요."

"그 사람들 참 한심하기 짝이 없소. 이광수는 상해임정의 독립신문 주필까지 하고는 민족개조론을 써 자치운동의 씨를 뿌리더니, 최남선은 독립선언문을 작성할 때는 언제고 이제는 또 일선동조론을 써서 자치운동에 불을 붙이고 있단 말이오. 의열단 조선혁명선언서에서 자치주의자나 내정독립운동자나 참정권자나 문화운동자 모두 우리의 적임을 선언한 신채호 선생하고는 달라도 너무나 다릅니다."

"예, 저는 3·1 만세 때부터 독립운동을 하겠다고 나섰지만 혼자 깊이 생각해 볼 때마다 가슴이 서늘해지곤 합니다. 독립운동에 나선 자들 누구에게나 가장 참혹한 패배는 변절 아닙니까? 그런데 스스로 그 어떤 시련이나 고문도 이겨 낼 수 있는가, 하고 물어 보면 자신 있게 대답해야 하는데, 그게 그렇게 쉽지 않습니다."

고서완의 담담한 말이었다.

"고 형만 그런 게 아니오. 나도 장담할 수 없기는 마찬가지요. 처음부터 인간은 강철이 아니오. 고통을 통해서 단련되고, 동지들과 결속하고 학습해 나가면서 단련되고, 투쟁을 하면서 단련되는 것 아니겠소."

정도규도 자기 심정을 솔직하게 토로했다.

"예, 이제 하는 말이지만, 3·1운동 민족 대표 33인 가운데 고문을 끝까지 이겨 내고, 재판정에서도 자기 주장을 굽히지 않은 사람이 한용운 선생 한 분뿐이었다는 게 참 충격이었습니다. 그 많은 사람들이 고문을 견디지 못하고 꺾였다는 것에 놀랐고, 만약 내가 그 처지였다면 나도 꺾였을까, 아니면 한용운 선생처럼 꿋꿋했을까, 그런 생각 많이 했지요. 이거 죄송합니다. 이런 약한 말을 꺼내 가지고……."

고서완이 멋쩍게 웃었다.

"아니오, 이렇게 솔직하게 얘기한다는 게 얼마나 중요한 일이오. 이런 기회를 통해 우리가 서로 단련되는 것 아니겠소."

고서완을 배웅한 정도규는 어둠이 짙은 들길을 걸어 유승현의 집에 당도했다.

"앉게, 아직 공허 스님은 안 오셨네. 한성에 갔던 일은 어찌 되고?"

유승현이 자리에 앉으며 책을 덮었다.

"응, 모든 게 아주 잘되었네."

정도규는 조선노농총동맹 창립총회 이야기를 했다.

"그것 참 잘한 결정이네."

유승현은 무릎을 치고는, "자치허자는 놈들은 더럽고 추잡허기가 똥통에 구더기만도 못헌 놈들이시. 왜놈들 식민지라는 것을 스스로 인정하면서 왜놈들을 상전으로 받들고 자치를 허자니, 나라는 안 찾고 대대로 종놈질이나 해 먹자는 것 아니여."라며 속 시원한 반응을 보였다.

"똥통에 구더기만도 못하다는 그 말은 고문을 당하면서 겁먹고 있는 민족 대표들에게 한용운 선생이 화가 나서 터뜨린 말일세."

정도규는 속이 후련해져서 말했다.

"아니, 그런가?"

유승현의 눈이 커졌다.

그때 뒷문 두들기는 소리가 났다.

유승현이 문을 열자마자 공허가 성큼 들어섰다.

"아이고 이런, 정 선생이 먼저 와 계셨구만이라."

공허가 정도규한테 먼저 인사했다.

"어찌…… 생각을 정허셨는게라?"

유승현이 공허에게 눈길을 보냈다.

"책을 다 읽기는 혔는디……. 내가 보기로는 가난허고 불쌍헌 사람들, 거 뭣이라더냐, 그려, 무산자를 위헌 혁명이라는 것이 동학허고 다를 것이 뭐냐는 생각이 들더구만요. 그러니 나헌티는 요런 신사상이 따로 필요허지 않단 말이오. 나는 그동안 중옷을 입고도 대종교 사람들허고 투쟁을 잘혀 왔소. 나라를 되찾자는 뜻만 같다면 나는 누구허고도 뜻을 합칠 수가 있소. 근디 중옷을 벗고 나서기에는 그 신사상이라는 것이…… 좀 그렇소."

그는 유승현과 정도규를 번갈아 보며 쩝쩝 입맛을 다셨다. 유승현이 난처한 얼굴로 정도규를 건너다보았다.

"예, 스님 말씀에 일리가 있습니다. 스님도 저희도 더 여유를 갖고 좀 더 생각해 보는 게 어떨까 합니다. 조선 사람의 가장 큰 목적은 어디까지나 독립이니까요."

정도규는 공허의 입장을 충분히 이해했다.

"야아, 정 선생이 그리 넓게 생각해 주시니 고맙구만이라. 근디, 나를 믿어 주신다면 믿을 만한 젊은 사람들을 소개헐 수는 있겄구만이라."

공허가 내놓은 제안이었다.

"아 예, 그래 주시면 더 고마울 게 없겠습니다. 스님이 소개해 주시는 사람이면 맘 놓고 믿겠습니다."

정도규의 반색이었다. 유승현의 얼굴도 비로소 편안하게 풀렸다.

17

그 깊은 한

유달산이 아침 햇살을 받으며 우람한 자태를 드러내고 있었다. 수많은 바위 봉우리로 이루어진 유달산은 신비로운 한 폭의 입체화였다. 유달산은 언제나 목포를 굽어보았고, 목포 사람들도 언제나 유달산을 바라보았다.

허리가 구부러지도록 무거운 주름함지를 이고 가던 할머니가 유달산을 바라보며 걸음을 멈추고 입술을 달싹거렸다.

'비나이다 비나이다, 신령님께 비나이다. 우리 동화 몸 성허고 공부 잘혀 앞길이 훤히 열리게 굽어 살펴 주십소사. 그놈이 잘돼야 우리 집안이 일어납네다. 왜놈들헌티 논밭 다 뺏기고 우리 남정네 한을 품고 죽은 뒤로 집안이 폭삭 내려앉았습네다. 근디 아

49

들 건식이가 왜놈들 몰아낼라고 만세 부른 것이 죄가 되어 여기 목포 땅으로 왔으니, 이 늙은것 불쌍히 생각허셔서 우리 동화 잘 되게 굽어 살펴 주십소사, 굽어 살펴 주십소사…….'

할머니는 이런 기도를 올리고는 시가지 쪽으로 다시 걸었다. 그 늙은 여자는 박건식의 어머니 대목댁이었다.

대목댁은 아침마다 똑같은 자리에서 똑같은 소원을 빌었다. 벌써 몇 년째였다.

대목댁은 부두 어귀로 고구마 장사를 다녔다. 아들 건식이의 막노동으로는 여섯 식구가 입에 풀칠하기도 어려웠다. 그런데 손자 동화는 학교 갈 나이를 넘기고 있었다. 며느리도 선창가 어란 공장에 일을 나갔지만 그 벌이로는 동화의 공부 뒷바라지를 할 수가 없었다.

대목댁은 생각다 못해 아들과 며느리 모르게 가을걷이 날품을 팔았다. 하루 종일 고구마를 캐 주고 품삯을 고구마로 받았다. 그 걸 밑천으로 마침내 고구마 장사에 나섰던 것이다.

부두 언저리에는 싸구려 행상들이 많았다. 대목댁은 삶은 고구마를 가지고 그 행상들 틈으로 비집고 들었다.

행상들 중에서도 고구마 장수는 가장 보잘것없었다. 그러나 적은 돈으로 든든하게 배를 불릴 수 있어 가난한 노동자와 날품팔이꾼들은 점심 요깃거리로 고구마를 많이 찾았다. 주름함지의 고구마를 하루에 다 팔기는 별로 어렵지 않았다. 그렇게 한 달 동안 모은 돈은 며느리 벌이에 맞먹었다.

그 돈을 보태서 동화를 학교에 보내게 되었을 때 대목댁은 천하를 다 얻은 양 기뻤다. 손자는 남편 닮고 아들 닮아 공부를 썩

잘했다. 대목댁은 손자 동화를 중학교는 말할 것도 없고 대학까지도 보내리라고 작정한 지 이미 오래였다. 저녁때면 지쳐 몸이 까라지다가도 그 생각을 하며 기운을 차리고는 했다.

대목댁은 언제나처럼 부두로 내려가는 비탈길 중간쯤에 바다를 등지고 자리 잡았다. 맞은편에는 가게들이 줄지어 있어서 행상들은 얼씬도 할 수 없었다. 비탈길 가라고 허가 받은 것은 아니었다. 장사가 잘되는 길목이니까 행상들이 막무가내로 자리를 잡은 것뿐이었다. 그런데 한두 달씩 별 탈이 없다가도 느닷없이 순사들이 나타나 좌판을 닥치는 대로 걷어차기도 했다.

대목댁은 점심때를 맞아 한바탕 정신없이 장사를 했다.

"대목댁은 좋겠소."

옆의 떡장수 여자가 시루떡 고물을 입에 찍어 넣으며 말했다.

"누가 벼슬헐 일 있간디?"

대목댁은 점심으로 고구마를 한입 베물려다 말고 눈길을 돌렸다.

"찬바람 살살 일면서 명태철이 안 닥쳤소. 명태가 쏟아져 들어오면 며느리 벌이가 얼마나 톡톡허겠소."

"아이고, 밤잠 못 자면서 명태 배때기 따서 몇 푼 더 벌어 봤자 시장스런 벌이 아니드라고."

명태철이 오면 어란 공장에서는 밤일을 시작했고, 며느리는 온

몸에 비린내를 묻혀 밤늦게 돌아오고는 했다. 그러나 밤일 품삯
은 보잘것없었다.

대목댁이 고구마를 우물거리며 쓰게 웃었다.

그때 갑자기 고함이 터졌다.

"빨리 몰아내, 빨리!"

"요런 잡것들 보소, 요거!"

"바까야로!"

일본말과 조선말이 뒤섞이는 가운데 순사들 예닐곱이 여기저
기로 내달으며 행상들을 몰아쳤다. 순사들의 발길질에 함지며 항
아리가 박살 나고 있었다. 대목댁은 먹다 남은 고구마 쪽을 내던
지며 함지를 집어 들었다. 그 순간 순사가 함지를 걷어찼다.

"아이고메……."

그 기운을 이기지 못하고 대목댁은 뒤로 벌렁 넘어갔다.

그런데 뒤쪽이 축대였다. 대목댁은 함지와 함께 축대 아래로 굴
러떨어졌다.

얼마 지나지 않아 행상들의 자취는 사라지고 날품팔이꾼들이
나타나 길을 말끔하게 청소했다. 그리고 아무도 얼씬 못하게 순
사들이 경계를 섰다.

두어 시간이 지나 총독부의 고급 관리 예닐곱 명이 나타났다.
그들은 깨끗한 비탈길을 걸어 내려가 부두와 바다 쪽을 두루 살

펴본 뒤에 그곳을 떠났다.

대목댁은 가마니로 엮은 들것에 실려 집으로 돌아왔다. 축대 아래로 굴러떨어지면서 허리를 심하게 다친 것이었다.

"아이고 엄니, 허리를 어쩌크름 다치셨간디 요리 꼼짝을 못허신 게라?"

박건식은 소스라치며 어머니를 붙들었다.

"쬐깨 접질린 것잉게 며칠 지나면 나을 것이여."

대목댁은 애써 아픔을 감추며 아들을 안심시켰다.

"아이고, 사람 미쳐 죽겄네!"

어머니가 다친 까닭을 들은 박건식은 이 말을 울컥 토하며 주먹으로 제 가슴팍을 쳤다.

"큰 탈 났구만이라. 어무님이 두 다리를 영 못 쓰신당게요."

이튿날 아침 반월댁이 다급하게 말했다.

"아이고메, 나 죽겄네!"

박건식의 어깨가 축 늘어져 의원을 불러왔다.

"아무 장담을 못 허겄소. 허리를 깊이 다친 데다가 몸이 늙어논 께……, 고약스럽게 되았소."

몇 군데 침을 놓고 나서 의원이 마당으로 나서며 무겁게 한 말이었다.

"어찌 좀 낫게 혀 주시게라우. 의원님만, 의원님만 믿겄구만요……."

박건식은 가슴이 와르르 무너지는 충격 속에서 이렇게 애원했다.

의원은 날마다 와서 침을 꽂았지만 병세는 나아지지 않고, 누워만 있으니 소화가 되지 않아 배탈까지 났다.

"나는 인제 그만 오겠소. 이 집 살림도 어려운 것 겉은디 더 돈 받을 면목도 없고, 내 의술로는 안 되겠소."

치료를 시작하고 보름이 지나 의원이 한 말이었다.

"아니구만이라, 돈 걱정은 마시고 더 치료혀 주씨요."

"돈이 문제가 아니오. 정 치료를 더 받고 싶으면 딴 의원을 부르는 것이 좋겠소."

의원은 무정하다 싶게 말하고 돌아섰다.

박건식은 하늘이 무너지는 것 같았다. 의원의 말은 더 치료를 해 봐야 나을 가망이 없다는 뜻이었다.

대목댁은 자신의 병이 나을 가망이 없다는 것을 대충 짐작하고 있었다. 그런데 의원이 오지 않으면서 그게 더 확실해졌다. 자신은 이제 아무 쓸모가 없었다. 손자를 대학까지 공부시키기는커녕 아들에게 너무 큰 짐이 되어 집안을 망칠 판이었다. 효심이 깊은 아들은 다른 의원을 부르거나 약을 쓸 게 틀림없었다. 이미 치료비로 나간 돈도 다 빚이었다.

대목댁은 이런 생각 끝에 마음을 먹었다. 몸이 나을 가망이 없는 자신이 떠나 버리면 집안의 우환이 걷힐 것이었다.

　이렇게 작정하자 마음이 홀가분해졌다. 그러나 한편으로는 한스러운 눈물을 주체할 수가 없었다.

　'이놈의 팔자가 어째 요리 궂은고……. 아니제, 아니여, 내 팔자가 궂은 것이 아니여. 나라를 뺏긴 것이 병통이제.'

　먹빛 한숨을 토해 내는 대목댁의 눈에서 하염없이 눈물이 흘러내렸다.

　"할무니, 나 학교 댕겨왔네. 허리 좀 어떤가? 더 많이 아픈갑제!"

　동화는 할머니의 품에 안기려다 말고 목소리가 카랑해졌다.

　"아니여, 암시랑 않다. 어째 그러나?"

　대목댁이 손자의 눈치를 살폈다.

　"근디 어째서 할무니가 울어?"

　동화는 할머니를 더 똑바로 보았다.

　"하이고 내 새끼야, 이 할메 그리 안 위혀도 돼야. 분허고 원통혀서 저절로 흐른 눈물잉게."

　대목댁은 목이 메어 손자의 손을 붙들었다.

　"뭣이 그리 분허고 원통헌디?"

　동화는 더 바짝 다가앉았다.

　어른 못지않게 매듭을 짚고 드는 손자의 물음에 대목댁은 가슴 저리는 정을 느끼며, "이 할메를 누가 이리 만들었는지 알지야?"라고 물으며 속에 든 말을 하기로 작정했다.

"이, 왜놈 순사제."

동화는 기다렸다는 듯 또렷하게 대답했다.

"그려, 우리 논밭을 누가 뺏어 갔고, 우리가 어째서 목포로 와 이 고생인지도 알지야?"

"이, 고것도 왜놈 순사들이 아부지를 잡어 감옥에 가둘라고 헝게."

"아이고, 우리 동화 똑똑타. 그럼 할아부지를 누가 죽인 줄도 아냐?"

"하먼. 고것도 왜놈 순사들이제."

"그려, 그려. 긍게로 왜놈들은 누구누구 웬수다냐?"

"할아부지 웬수고, 할무니 웬수고, 아부지 웬수제."

동화는 말을 따라 손가락을 꼽아 나갔다.

"옳아, 왜놈들은 우리 온 식구 웬수다. 니가 할아부지 아부지헌티 효도헐라면 어째야 쓰겄냐?"

"왜놈들헌티 웬수를 갚아야제."

동화의 목소리는 또렷하고 힘찼다.

"아이고메 내 새끼, 똑똑허다. 니가 커서 꼭 웬수를 갚을라면 시방 어째야 쓰겄냐?"

대목댁은 눈물 번진 눈으로 손자를 올려다보았다.

"공부 열성으로 혀야제."

"옳아, 할아부지가 저세상에서 우리 동화 내려다보면서 좋아라 허시겠다. 니 할아부지가 세상을 뜨면서 남긴 말씀이 뭣인지 아냐?"

"이, 논밭을 꼭 찾으라고……."

"그려, 그려. 그 논밭은 대대로 물려받은 것잉게 니도 아부지 따라서 기어이 찾아야 쓴다 잉!"

대목댁은 힘주어 다짐했다.

"이, 다 알어."

대목댁은 속에 든 말을 거의 다 한 셈이었다. 그러나 한 가지 말이 입 안에서 맴돌았다.

'이 할메가 오래 못 살겄다. 니 할메 없어져도 공부 열성으로 허겄지야?'

그 다짐을 받고 싶었다. 그러나 어린것이 놀랄까 봐 차마 그 말은 꺼내지 못했다.

대목댁은 저녁밥을 그저 먹는 시늉만 했다. 밥도 그렇고 물까지도 줄인 지 오래였다. 대소변을 며느리가 치우면서부터 밥과 물을 줄이기 시작했던 것이다.

첩첩산중 깎아지른 벼랑이었다. 뛰어내리려고 마음을 먹었으면서도 너무 무서워 뛰어내릴 수가 없었다. 그런데 저쪽에서 누군가가 구름을 타고 오며 손짓하고 있었다. 남편이었다. 하얀 옷을 입은 남편은 웃으면서 어서 뛰어내리라고 손짓하고 있었다.

"너무 무섭당게라."

"내가 받아 줄 것잉게 아무 걱정 말드라고."

"아이고, 참말로 무서워 못 허겄소."

"그럼 나 그냥 갈라네."

"아니오, 아니어라. 쬐깨 기다리씨요."

허둥거리다가 발을 헛디디고 말았다. 까마득하게 깊은 저 아래로 몸이 떨어지기 시작했다.

대목댁은 소리를 지르며 잠에서 깼다. 남편이 말끔한 흰옷 차림으로 웃으며 어서 오라고 부르는 꿈은 처음이었다.

"엄니, 다녀올라능마요."

박건식이 어머니에게 인사했다.

"그려, 조심허고 잘 다녀와."

대목댁은 언제나처럼 예사롭게 인사를 받았다. 그러나 아들을 바라보는 그 눈빛은 깊고 서러웠다.

"할무니, 나 학교 갔다 올라네."

아들이 나가고 한참 뒤에 동화가 책보를 허리에 두르며 말했다.

"그려 내 새끼, 어디 보자."

대목댁은 손자에게 손을 내밀었다.

"어찌 그려? 할무니, 일어나 앉게?"

동화는 이상하다는 듯 말하며 할머니의 손을 잡았다.

"아니여, 우리 동화가 이뻐서……."

대목댁은 가슴이 뜨끔해지며 하고 싶은 말을 삼켰다. 공부 잘하라는 다짐을 한 번 더 받고 싶었다.

"얼른 가거라, 학교 늦는디."

대목댁은 손자의 손을 어루만지다가 놓았다.

곧 며느리가 빨랫감을 챙겨 집을 나서는 것도 확인했다. 이제 집에는 두 손녀딸만 남아 있었다.

"야들아, 이 할메가 신 것이 먹고 싶은디 어디 가서 탱자 좀 따오니라."

대목댁이 두 손녀딸에게 일렀다.

"탱자가 아직 덜 익었는디?"

큰 손녀딸의 대꾸였다.

"덜 익었응게 시어 좋제. 동생 데리고 얼른 가서 따와. 그래야 할메 몸이 낫제. 얼른!"

대목댁은 두 손녀딸을 꾸짖듯 했다.

두 손녀딸까지 나가고 집 안에는 대목댁 혼자 남았다.

'내가 인제 당신 옆으로 갈라요. 나를 구름에 태워 주씨요.'

대목댁은 눈을 꼭 감으며 남편에게 말했다. 눈앞에 어젯밤 꿈에

60

서 본 남편의 모습이 선히 떠올랐다.

대목댁은 두 팔에 온 힘을 모아 몸을 뒤집고는 양쪽 팔꿈치로 기기 시작했다. 그러나 마음대로 기어지지가 않았다. 기를 쓰고 양쪽 팔꿈치를 번갈아 놓을 때마다 축 늘어진 하체가 무겁게 조금씩 끌려왔다.

대목댁은 안간힘 쓰며 방문턱을 넘었다. 그리고 툇마루 끝에서 그대로 토방으로 굴러떨어졌다. 대목댁의 눈앞에 댓돌이 박혀 있었다. 대목댁은 두 손으로 댓돌을 붙들었다. 그리고 눈을 질끈 감고 고개를 번쩍 치켜들었다. 다음 순간 퍽 하는 둔탁한 소리가 났다.

대목댁의 몸은 토방에 엎어진 채 꼼짝하지 않았다. 댓돌을 낭자하게 적신 피가 토방으로 흘러내리고 있었다.

18

무엇인들 못 하랴

"나간 지 며칠이나 되았능가?"

공허는 몹시 언짢은 얼굴이었다.

"이틀 되았구만이라우."

차옥녀는 송구스러운 몸짓을 지었다.

"또 거기 간 것이겄제?"

"야아, 그런갑구만요."

"쯧쯧쯧…… 왜놈들헌티 맺힌 한이 많아서 쓸 만헐 줄 알았더
니 알고 봉께 영 물짜디 물짠 물건 아니라고?"

"……!"

차옥녀는 오빠의 주책없는 짓 때문에 공허 스님을 뵐 면목이

없었다. 오빠는 시집가서 아이까지 낳은 여자를 잊지 못하고 쫓아다녔다. 그런 오빠를 그동안 공허 스님은 여러 말로 타일러 왔다. 그러나 오빠는 어느 날 문득 집을 나가서는 사나흘 만에 풀이 죽어 돌아오고는 했다.

"스님, 오빠를 어째야 되겠능게라?"

차옥녀는 근심스럽게 물었다.

"다른 방도가 뭐 있겠능가? 쓸 만헌 색시 골라 장가들여야제."

"근디 맘이 콩밭에 있어서……."

차옥녀는 하르르 한숨을 쉬었다.

"내가 그동안 정신이 없어서 그냥 세월을 보냈는디, 인제 발 벗고 나서야겠구만."

공허는 말만큼 단호하게 장삼 자락을 뒤로 내쳤다.

"어디 마땅헌 색시가 있는게라?"

차옥녀의 얼굴이 조금 밝아졌다.

"인물도 괜찮고 행실도 참헌 색시가 하나 있긴 있구만."

"야아, 스님이 나서시면 오빠도 옴쩍 못 헐 것이구만이라. 오빠가 스님을 어려워헝게요."

차옥녀가 반가워했다.

"허, 살다 보니 중매쟁이질까지 허게 생겼네. 그나저나 오빠가 장가들면 자네는 어쩔 것이여?"

"저야 그저 소리허면서……."

차옥녀는 희미하게 웃으며 눈을 내리깔았다.

"헌디, 소리꾼으로 한평생 살자면 명창대회에 나가야 되는 것 아니등가?"

공허는 옥녀의 앞날에 마음이 쓰였다.

"야아, 오빠 일이 급허제 제 일이야 아직 안 급헝게……."

차옥녀는 공허를 바라보며 잔잔하게 웃었다.

"안 급허기는. 소리 너무 오래 안 허면 목청이 쇠는 것 아니여?"

공허는 옥녀가 오빠 때문에 꽤나 오래 소리를 못 하고 지냈다고 생각했다.

"야아, 호미 오래 안 쓰면 녹슬듯이 소리 오래 안 허면 목청도 상허느만요. 근디 저는 그동안 전주로 정읍으로 다니면서 승무 검무를 배우고, 거문고 양금을 배우면서 소리는 혼자 공부해 왔구만이라."

"그럼 그동안 야물딱진 광대 될 채비를 헌 것 아니라고? 장허시 장혀."

공허는 놀라워했다.

그때 밖에서 인기척이 났다.

"오빠 왔소?"

차옥녀는 다급하게 지게문을 밀쳤다.

"이, 나여. 미안허다."

어둠 속에서 한숨과 함께 들린 말이었다.

"아이고 오빠, 큰 탈 났소. 공허 스님이 오셨단 말이오."

툇마루에 주저앉은 오빠에게 차옥녀가 낮고 빠르게 속삭였다.

"뭐, 뭣이여?"

차득보는 소스라치게 놀랐다.

"놀랄 것 없네. 얼른 들어오소."

쿠렁하게 울린 공허의 말이었다.

"아이고 스님, 언제 오셨능게라우?"

허둥거리며 방으로 들어선 차득보는 공허 앞에 넙죽 큰절을 올렸다.

"요것이 어쩐 일인가? 아직도 맘을 못 잡고 요리 허깨비질이니! 저번에 나허고 헌 약조는 어찌 된 것이여?"

공허의 꾸지람이 엎드린 차득보의 정수리를 쳤다.

"제가 죽일 놈이구만요……."

고개를 들지 못하는 차득보의 목소리가 겨우 밀려 나왔다.

"내가 사람을 잘못 봐도 영 잘못 본 것이여. 진작 시집가서 애기까지 낳은 여자헌티 미쳐서 부모 웬수 갚을 일을 때려치운 요런 천하에 호로자식이 어디 있어!"

공허는 일부러 차득보의 가장 아픈 데를 쇠꼬챙이로 찔렀다.

"아니어라, 엄니 아부지 웬수 갚을 일을 그만둔 것은 아니구만이라."

차득보는 고개를 치켜들며 당황스럽게 말했다.

"왜놈들은 죄다 낮잠 자고 있간디? 그런 꼬라지로 웬수를 갚어?"

"잘못했구만이라. 다시는 안 그러겄구만이라. 다시는……."

차득보는 어느새 두 손을 합장한 채 애원하고 있었다.

"그런 약조가 어디 한두 번이여? 인제 나허고 인연을 끊세."

공허는 자리를 차고 일어섰다.

"아이고 스님, 차 참말로 약조허겄구만요."

당황한 차득보는 장삼 자락을 붙들기라도 할 것 같았다.

"스님, 제발 한 번만 더 용서혀 주시게라우."

차옥녀도 간절하게 말하며 머리를 조아렸다.

"그놈의 약조를 또 어찌 믿어!"

공허가 냉정하게 쏘아 질렀다.

"죽기를 각오허고 부처님께 약조허겄구만이라."

차득보가 토해 놓은 말이었다.

공허는 그만 웃음이 터지려 했다. 부처님까지 들고 나오는 걸 보니 급하기는 어지간히 급한 모양이었다.

"니 맘을 니도 어찌 못 허겄다고 혔지야?"

가부좌를 틀고 앉은 공허가 묵직한 목소리로 물었다.

"야아……, 도끼로 지 발목을 찍어서라도 그 못된 맘을 이기겠구만이라."

"어디 또 한 번 믿어 보자. 니가 부처님 앞에 약조했응게 허는 말인디, 인연을 놓고 부처님께서 뭐라고 말씀하신 줄 아냐? 인연은 흐르는 물과 같으니 순리로 맺어야 허고, 순리가 아닌 인연은 세상만사의 화근이라고 허셨다. 니허고 월엽이는 애초에 순리가 아니었던 것이여. 근디 니가 월엽이를 안 잊고 억지를 부리면 일이 어찌 되겠냐? 나허고 인연 끊는 것이야 아무것도 아니고, 느그 엄니 아부지 웬수 못 갚어 불효자식 되는 것이다. 그리고 방구가 잦으면 똥 나오고, 꼬랑댕이가 길면 밟히더라고 니가 월엽이를 자꾸 찾어다니다 보면 결국은 들키고 말 것이여. 그리되면 월엽이는 소박맞게 되고, 월엽이 아부지 신 선생님이 니를 그냥 놔두시겄어? 어떠냐, 니 잘못으로 판이 요리 험허게 되기를 바라냐?"

"아니구만이라우. 다시는 안 그럴랑마요."

차득보는 머리를 조아리며 다짐했다. 그는 공허 스님의 말이 결코 과장이 아니라는 것을 잘 알고 있었다.

공허가 떠나고 나자 차옥녀는 마음이 바빠졌다. 공허 스님이 중매를 서겠다고 했으니, 서둘러 목돈을 구해야 했다. 오빠의 재산이라고는 헌 초가삼간에 논 세 마지기가 다였다. 그 재산도 공허 스님이 장만해 준 것이었다. 신 선생 집을 나오면서 받은 돈으로 초가삼간과 논 한 마지기를 장만했고, 자신을 팔아먹은 주막 집 주인한테서 공허 스님이 받아 낸 돈으로 논 두 마지기를 보탰던 것이다.

차옥녀는 마음을 잡기로 한 오빠를 실팍하게 돕고 싶었다. 그래서 그동안 망설여 온 남원 명창대회에 나가기로 했다. 그다지 내키는 일은 아니었지만 소리 대접을 제대로 받자면 그 방법밖에 없었다.

그러나 차옥녀는 마음 한구석이 께름칙했다.

"설익은 소리로 이름 날리는 데 정신 팔아서는 안 된다."

"아무리 살기가 궁해도 못된 것들 앞에서 소리혀서는 안 된다."

"돈맛에 홀리면 소리는 도망가고 생목만 남는다."

스승님의 말씀이 가슴팍을 치고 있었다.

'스승님, 아부님…… 용서해 주시게라우. 지가 호의호식허자는 것이 아닝게 나무라지 마시게라우. 더는 스승님 말씀 거역허는 일 없을 것이구만요.'

마음을 정한 차옥녀는 며칠 동안 소리를 가다듬었다.

"오빠, 나 전주 좀 다녀올라요."

차옥녀는 남원에 가는 것을 감추었다.

"또 뭘 배우러 가는갑제?"

차득보는 그저 덤덤했다. 여동생은 공부 나들이가 잦았던 것이다.

차옥녀는 달구지를 얻어 타고 남원으로 접어들었다. 광한루에 가까워질수록 잔치 기분이 돌고 있었다.

차옥녀는 오작교 쪽으로 천천히 돌아 광한루 아래 차일 친 곳으로 갔다. 그곳이 명창대회에 나온 소리꾼들을 접수하는 곳이었다.

"이름 석 자를 대시오."

"차옥비, 구슬 옥에 날 비구만요."

"차옥비라, 어느 권번이여?"

"기생이 아니구만요."

"잉? 이름에서는 그런 냄새가 나는디? 되았소, 저쪽으로 가서 기다리소."

여자 출전자는 모두 아홉이었고, 수백 명의 청중이 빽빽하게 자리 잡고 앉아 있었다. 차옥녀는 조심스레 그 사람들을 살펴보며 숨길을 가다듬었다. 심사원은 따로 있는 게 아니고 청중들의 환호와 박수에 따라 1등 명창을 가렸다.

차옥녀는 세 번째로 나섰다. 쥘부채를 두 손으로 꼭 쥔 차옥녀는 숨길을 가다듬며 눈을 내리감았다. 쿵 떡떡 북소리에 중모리 가락이 실려 울리기 시작했다.

사랑 사랑 내 사랑아. 어어화 둥둥 내 사랑이야……

〈춘향가〉 중에서 이몽룡이 부르는 〈사랑가〉의 첫 대목이었다.

"얼싸 조타!"

"얼씨구나!"

첫 대목에서 추임새들이 터져 나왔다.

사랑 사랑 내 사랑아. 어어화 둥둥 내 사랑이로구나. 저리 가거라, 가는 태를 보자. 이만큼 오너라, 오는 태를 보자.

다시 여기저기서 추임새가 터져 나왔다. 차옥녀는 마음을 다잡았다. 청중들의 추임새에 신경 쓰다 보면 북장단을 놓치게 되고, 북장단을 놓치면 소리가 흔들리고 깨질 수도 있었다.

달아 달아 밝은 달아, 네 아무리 바쁘어도 중천에 멈추어 있어 내일 날이 오지 말고 백 년여 일 이 밤같이 이 모양 이대로 비쳐다고. 사랑이로구나 내 사랑이야, 어화둥둥 내 사랑이야.

쫙 펼쳐 든 부채를 맵시 있는 동작으로 착 접으며 차옥녀는 소리를 마감했다. 그리고 나부시 허리 굽혀 절을 했다.

"얼씨구나, 명창 났네에!"

"더 볼 것 없이 1등이여, 1등!"

"재청이여, 재청!"

"그려 그려, 1등 줘라. 춘향이 이 도령 환생이다아!"

청중들이 아낌없이 환호하고 외치며 박수를 쳤다.

아홉 명의 소리꾼이 모두 소리를 끝냈다.

"어이 귀명창님네들, 1등 명창을 누구로 뽑을라요?"

갓에 흰 두루마기를 입은 노인이 하얀 수염을 쓰다듬으며 청중들에게 물었다.

"세 번째요, 세 번째!"

"옳여, 사랑가 부른 세 번째요!"

"그 색시 이름이 뭐라고 혔어?"

"어허, 차옥비 아니여, 차옥비!"

"다들 그리 생각허요?"

노인이 다시 외쳐 물었다.

"두말허면 잔소리요."

"얼렁 새 명창 소리 다시 듣세!"

청중들은 다시 소리쳐 환호하다가 박수를 쳤다.

차옥녀는 다시 무대로 나갔다. 눈앞에 아버지와 어머니 그리고 양아버지의 모습이 어른거렸다. 마침내 두 가지의 꿈을 이룬 것이었다. 오빠의 살림 밑천을 장만해 줄 수 있게 되었고, 명창의 칭호를 받아 어엿한 소리꾼의 길이 열린 것이었다.

차옥녀는 탁 풀린 마음으로 〈십장가〉를 불렀다. 마음이 풀리자 소리는 더 흐드러지고 치렁거리면서 잘도 엥겼다. 차옥녀는 삼창까지 부르고 무대에서 놓여났다.

얼마 뒤, 전주 권번의 여자들이 찾아왔다. 자기네 권번에서 노래를 불러 달라는 것이었다.

차옥녀는 반년에 100원을 받을지 1년에 200원을 받을지 되작거려 생각했다. 반년만 하자니 100원으로는 논 스무 마지기가 안 되고, 200원을 탐하자니 내키지 않는 권번에 매이는 기간이 너무 길었다.

차옥녀는 생각 끝에 반년으로 마음을 정했다. 100원으로 논을 장만하면 이미 가지고 있는 세 마지기를 합쳐서 스무 마지기가 될 수 있었다. 스무 마지기면 부자는 아니어도 오빠가 아이들 데리고 한평생 배곯고 살지는 않을 것이었다.

"뭣이여? 니가 나 때문에 기생이 돼야?"

차득보는 펄쩍 뛰었다.

"아니, 소리만 헌당게요."

"기방에서 소리허면 기생이제 기생이 따로 있어? 그리는 못 혀. 그렇게 장가들어 엄니 아부지를 어쩌크름 대헌다냐?"

차득보는 단호하게 고개를 내저었다.

"참말로, 알려면 똑똑히 알고나 말허시오. 헌다허는 명창들도 다 기방에서 소리허고 산단 말이오."

74

"아 글쎄, 기방에서 소리허라고 아부지가 니를 소리꾼 만들려고 허셨겄어?"

"내가 명창대회 1등 혀서 오빠헌티 힘이 되는 걸 내려다보시면서 아부지가 얼마나 좋아라 허실지 아요? 오빠를 위허는 일이라면 그보다 열 곱 험헌 일도 허겄소. 아무 말 말고 쓸 만헌 논이나 찾아 놓으씨요. 공허 스님 오실 때가 되야간게."

차옥녀는 오빠보다 세게 기세를 올렸다.

"차암, 야가 영 쇠고집이시……."

19

또 하나의 날개

송중원은 아침 설거지를 대충 마쳤다. 두 사람의 자취 생활이니 설거지라야 그릇은 너덧 개뿐이었다.

송중원은 설거지통 물을 화단이 있는 담 쪽으로 끼얹었다.

"어머나! 이게 뭐예요! 옷 다 버리게."

여자의 놀란 외침이 쩽 울렸다. 박정애였다.

"아이고, 이거 미안합니다. 옷 많이 버렸습니까?"

송중원은 황급히 부엌을 나섰다.

"빨리 피했으니 망정이지 운동신경 둔한 여자 같았으면 구정물 다 뒤집어썼을 거예요."

박정애는 얼굴을 찡그린 채 송중원을 바라보았다.

"다행입니다. 운동신경이 예민해 옷을 하나도 안 버렸으니."

송중원은 떨떠름한 얼굴로 박정애가 들고 있는 정구채를 흘끗 보았다.

"허탁 씨는 뭘 해요?"

박정애의 목소리가 밝아졌다.

"이보게 허 형, 일어나게. 제2의 윤심덕 행차시네."

송중원은 방으로 들어서며 굳이 '제2의 윤심덕'이라고 소리를 질렀다. 그 별칭은 박정애가 무척이나 좋아하는 것이었다.

"어엉? 뭐, 뭐라구?"

허탁이 허둥거리며 일어나 앉았다.

"이 좋은 공일에 이게 뭐예요? 테니스 하러 가자고 왔어요."

박정애가 생글생글 웃었다.

"돈 들여 가며 주먹만 한 공을 서로 쳐 대는 운동을 할 맘은 전혀 없소. 그리고 오늘 선약이 있소."

허탁은 냉정하게 말했다.

"어머, 그럼 어떡해요. 테니스 코트로 동무를 나오라고 해 놨는데."

박정애는 울상이 되었다.

"그게 무슨 걱정이오? 정애 씨 혼자라면 좀 문제지만 둘이니 짝이 딱 맞잖소."

허탁의 능청이었다.

"허탁 씨, 약속 취소하세요. 동무한테 좋은 사람 소개시켜 주겠다고 큰소리쳤는데 내 체면이 뭐가 되겠어요. 테니스 코트까지만이라도 나가 줘요."

박정애의 마음을 환히 들여다보고 있는 송중원은 빙긋이 웃음 짓고 있었다. 박정애가 허탁에게 남다른 감정을 보여 온 지는 벌써 오래되었다. 박정애는 허탁이 기혼자임을 알면서도 전혀 상관하지 않는 눈치였다.

"아니, 그럴 시간이 없소."

허탁은 매정하다 싶게 잘라 버렸다.

"피이, 또 되지도 않을 독립을 놓고 왈가왈부 떠들어 대기나 하겠죠."

박정애는 발딱 몸을 일으켰다.

"미안하게 됐소. 다음 공일에 테니스는 말고 어디로 놀러 갑시다."

허탁은 박정애를 달래듯 말했다.

"흥! 다시 만나나 보세요."

박정애는 매섭게 쏘아붙이고는 나가 버렸다. 허탁과 송중원은 박정애가 내쏜 말에는 전혀 신경 쓰지 않았다. 박정애가 토라지면서 그런 말을 한 게 한두 번이 아니었다.

"자네, 어쩌려고 그래? 다음 공일에 놀러 가자니. 자네가 그런

78

식으로 대하면 저 여자는 자네도 자기를 좋아하는 줄로 오해한단 말일세."

"그런 오해는 좀 필요한지도 모르지. 우리 주변에 저리 단순하고 악의 없는 사람들이 더러 있어서 나쁠 건 없네."

마음이 넓으면서도 능청스러운 허탁답게 그 말이 둥글둥글했다.

송중원과 허탁은 학생 티가 나지 않게 허름한 옷을 입고 집을 나섰다. 오늘 모임을 위장하기 위해 학생복은 입지 않기로 되어 있었다.

두 사람은 전차에서 내려 길을 건넜다. 그러나 집회 장소는 반대쪽이었다. 서로 멀찍이 떨어진 허탁과 송중원은 제각기 다른 골목으로 꺾어 들었다.

잠시 후 그들은 서로 마주 보고 걸으며 눈짓을 주고받았다. 미행이 없다는 신호였다.

허탁이 먼저 어느 골목으로 접어들었을 때였다.

"여보세요 허 동지, 저 좀 보세요!"

다급한 목소리가 허탁의 발목을 걸었다. 느닷없는 상황에 허탁은 소스라쳤다.

"당신, 누구요!"

허탁의 목소리는 팽팽하게 긴장되어 있었다.

"예, 일월회 연락부 세포입니다. 장소가 노출된 것 같으니 빨리

피하라는 지십니다. 저를 따라오시지요."

"노출……? 혹시 체포된 동지들은 없소?"

"그건 잘 모르겠습니다. 여기 오래 있어서는 안 됩니다."

"알겠소. 헌데, 형씨 이름이 뭐요?"

"예, 이경욱이라고 합니다."

"이경욱, 못 보던 얼굴인데……."

"예, 가입한 지 얼마 안 됩니다."

매섭게 변한 허탁의 눈은 이경욱이라는 사내를 날카롭게 쏘아
보았다.

"이자는 누군가?"

그때 송중원이 잔뜩 경계하며 다가섰다.

"응, 일월회 세폰데, 개들이 냄새를 맡았다는군."

허탁이 주위를 빠르게 살폈다.

"저를 따라오십시오."

이경욱이란 사내가 앞장섰다.

큰길로 나선 그들은 곧바로 전차를 탄 뒤 다음 정거장에서 내
렸다. 그리고 반대쪽에서 오는 전차를 다시 탔다. 미행의 낌새는
느껴지지 않았다. 그들은 세 정거장을 가서 전차에서 내렸다. 그
리고 다른 전차로 바꿔 탔다.

"얼마 안 됐다면서 솜씨가 아주 능숙하오. 저학년 같은데."

허탁이 중얼거리듯 말하며 이경욱이란 사내를 바라보았다.

"아, 아니구만요……."

그 사나이는 긴장한 얼굴로 쑥스러운 듯 웃었다.

"고향이 전라도요?"

송중원은 사내의 말에서 묻어나는 전라도 말투에서 친근함을 느꼈다.

"예, 군산이구만요."

사나이는 공손하게 고개를 숙여 보였다.

"군산? 난 김제요."

송중원은 사내를 보며 엷게 웃었다. 선하게 생긴 얼굴이면서도 어딘가 우울해 보이는 인상이었다.

"예, 송 선배님은 진작 알고 있었구만요. 춘부장 어르신도, 선배님이 옥살이허신 것도……."

"아니, 전주에서 학교를 다녔소?"

송중원은 중학교 후배인가 생각했다.

"아닙니다. 저는 군산 영명중학에 다녔습니다. 선배님에 대해선 여기 와서 알았습니다."

이경욱은 송중원 앞에 차마 얼굴을 들 수 없을 정도의 열등감과 죄의식을 느끼고 있었다.

"아, 그렇군요……."

송중원은 무심한 듯 말했다.

이경욱은 송중원의 그런 반응이 다행스러웠다. 만약 고향 후배라고 해서 송중원이 좀더 관심을 보이며 아버지에 대해 묻는다면 그보다 더 난감한 일은 없을 것이었다.

그들은 두 정거장을 더 지나 전차에서 내렸다. 그들은 서로 모르는 사람처럼 간격을 두고 걸었다. 골목을 네댓 번 돌아 이경욱은 어느 식당으로 들어갔다.

그 식당 변소를 통해 그 옆집으로 갔다. 앞서 온 사람이 열 명 남짓 모여 있었다. 그들은 모두 긴장해 있었다.

송중원과 허탁은 서너 사람과 눈인사를 나누었다. 나머지는 모르는 얼굴이었다.

잠시 후, 다섯 사람이 더 모였고 예정된 16명이 다 모였다.

"다들 무사히 오셨으니 회의를 시작하겠습니다. 지금 여러분은 모르는 얼굴이 반은 될 것입니다. 그 점이 바로 오늘 회의의 특징이며, 회의를 열게 된 이유이기도 합니다. 이미 알고 계시겠지만, 오늘 회의는 우리가 한 단체로 합치느냐 마느냐를 논의하는 자리입니다. 좀 더 구체적으로 말하자면 국내에서 활동하는 북풍회와 화요회가 통합을 하려 하고 있습니다. 그에 따라 우리 유학생 조직도 의견을 모아야 합니다. 조직의 통합에 대해 의견을 내 주시기 바랍니다."

일월회 대표의 말이었다.

"통합의 목적은 조직의 힘을 강화하자는 것입니까?"

"물론 그렇습니다."

"국내에는 북풍회와 화요회뿐만 아니라 다른 사회주의 단체도 많습니다. 그 단체들과는 어떻게 됩니까?"

다른 사람의 질문이었다.

"우선 우리 일월회와 화요회가 뭉치게 되면 다른 단체들도 점차 통합되지 않겠습니까?"

"예, 분산된 힘보다 통합된 힘이 훨씬 더 강력하다는 건 당연하지 않습니까? 우리는 효과적인 독립 혁명 투쟁을 전개하기 위해 하루빨리 통합해야 합니다."

허탁의 분명한 의견이었다.

"그렇습니다. 왜경의 감시와 탄압이 날로 심해지는 상황 속에서 하루빨리 통합을 이루어야 합니다."

일월회 쪽 회원의 동의였다.

"예, 화요회 쪽의 발의에 일월회 쪽의 동의가 나왔습니다. 다른 의견이 있으면 말씀해 주십시오."

그들 사이에서는 잠시 침묵이 흘렀다.

"그럼 간편하게 손을 들어 표결하겠습니다. 합동에 찬성하시는 분……"

그들은 모두 팔을 들었다.

"예, 만장일치로 합동을 결의했습니다. 박수를 치지 못해 유감입니다만, 이 사실을 신속하게 본국에 보고토록 하겠습니다."

의장은 한성이나 경성이라고 하지 않고 굳이 '본국'이라고 말했다. 그 말 속에는 조선이라는 나라가 망한 것이 아니라 엄연히 살아 존재하고 있었다.

"이런 기쁜 결정을 하고도 맘껏 박수를 못 치는데 축하주는 한 잔씩 돌려야 하지 않습니까?"

누군가가 농담으로 말했다.

"이런 결과가 나올 줄 알고 미리 축하주를 준비했습니다. 허나, 너무 기대는 마십시오. 여기 오래 머무를 수도 없고, 위험할 수도 있어서 서로 인사를 나누는 자리로 아주 간소하게 마련했으니까요."

의장을 맡았던 사람의 말에 모두들 반가운 표정이었다.

그들은 해초 무침과 단무지뿐인 술상에 둘러앉았다.

"혹시 상해임정 소식들 들었소?"

"예, 이승만이 탄핵을 당해 대통령직에서 쫓겨났소."

"예? 쫓겨난 이유가 뭐요?"

"이유는 여러 가지인데, 첫 번째가 상해임정에서 근무하지 않고 무풍지대인 미국에만 앉아 있는 근무 태만인 모양이오."

"그것 참 잘됐소. 헌데 이승만이 쫓겨났으면 이제 임정이 외교 독립론을 버리고 무장 투쟁에 나설까요?"

"그건 잘 모르겠소."

"임정이 무장투쟁론을 받아들인다 해도 문제요. 독립 자금은커녕 생활비도 없어서 요인들이 배를 곯는다지 않소. 그러니 무슨 수로 무기를 사들여 무장 독립군을 편성하겠소."

"토지조사사업을 당하면서 지주란 지주들은 모조리 친일파가 되어 자기들 재산 지키기에 급급할 뿐 독립 자금 낼 생각은 하지도 않고 있으니 큰일이오."

"하지만 이제라도 임정은 무장 투쟁 노선을 받아들이고 만주로 이동해서 만주에 있는 무장 부대들을 통합하고 동포들을 결속시켜야 합니다. 그러면 동포들을 기반으로 재정도 안정될 겁니다. 상해에 그대로 있다가는 점점 더 궁지에 몰릴 뿐입니다."

"그 말도 일리가 있지만 그보다 더 중요한 문제는 임정이 사회주의자들을 거부하는 것입니다. 그건 앞으로 더 심각한 문제가 될 것이고, 우리와 바로 연결된 문제이기도 합니다."

"그건 그다지 염려할 문제는 아니지 않을까 생각합니다. 조국의 독립이라는 대의 앞에서 서로가 타협과 협동을 하게 될 테니까요."

"그게 그렇지가 않습니다. 임정이 공화주의를 내걸고는 있지만 그 구성원의 대부분이 봉건주의에 젖어 있다는 사실을 잊어서는 안 됩니다. 공화주의자들도 사회주의와 대립하게 돼 있는데 봉건주의자들이야 더 말할 것이 있겠습니까?"

"그건 성급한 판단입니다. 왜냐……."

"여러분, 토론은 나중으로 미루고 그만 해산해야 합니다. 여기도 안전하지 않습니다."

의장의 말에 차츰 열기가 오르던 토론이 끊겼고, 그들은 곧 한 사람씩 뒷문으로 빠져나갔다.

"자네, 그 사람들 말을 어찌 생각하나?"

큰길에서 허탁을 다시 만난 송중원이 물었다.

"다 일리 있는 말이지. 특히 임정에서 사회주의자들을 거부한다는 건 중요한 지적이야."

"내 생각도 그래. 앞으로 어떻게 될까?"

"예측하기 어려운 문제지. 임정과 사회주의자들이 서로 협동하는 자세를 가져야 하는데 그렇지 못하면 난처한 일들이 생길 거야."

"그렇게 되면 비극인데……."

송중원은 중얼거리며 눈길을 멀리 보냈다. 그는 아버지를 떠올렸다. 만약 아버지도 사회주의를 거부하는 입장이라면……. 송중원은 난감해졌다.

이틀 뒤, 허탁이 경찰서에 붙들려 들어갔다. 배달하는 과자를 자전거에 싣고 비탈길을 달리다가 갑자기 골목에서 튀어나오는 아이를 들이받은 것이었다. 사내아이는 왼쪽 다리가 부러지는 중상을 입었다.

그 아이의 아버지는 경찰서에 나타나, 조센징이 자기 아들을 죽이려고 고의로 한 짓이니 엄벌에 처해야 한다고 펄펄 뛰었다.

송중원은 곧 홍명준을 만났다. 법학을 공부하는 그에게 도움을 받을 생각이었다.

"아주 악질 왜놈한테 걸렸군. 방법은…… 위자료를 주겠다고 타협을 하는 거야."

홍명준의 말이었다.

"위자료? 그게 한두 푼으로 되겠나?"

송중원의 얼굴이 어둡게 일그러졌다.

"액수도 모르면서 낙담부터 하지 말게. 자네 사장이 접촉하게 해 보세. 돈이야 그다음 문제니까."

홍명준은 허탁의 죽마고우답게 적극성을 보였다.

송중원은 홍명준과 함께 사장을 찾아갔다.

"허 군은 제 형제나 마찬가집니다. 수고스럽겠지만 사장님께서 일을 좀 맡아 주십시오."

홍명준이 예의 바르게 부탁했다.

"예, 알겠습니다. 일이 잘되도록 힘써 보겠습니다."

그들은 다음 날 다시 만나기로 하고 헤어졌다.

"일본 놈치고는 썩 괜찮은데? 빈말이라도 그렇게 하고 말야. 이름이 뭔가?"

홍명준이 흡족해했다.

"오카노라고, 심성이 고운 사람이지."

송중원과 홍명준은 다음 날 점심 무렵, 다시 사장을 찾아갔다.

"아무리 말을 해도 듣지를 않는군요. 자기 아들을 죽이려 했으니 화해란 있을 수 없다는 겁니다."

오카노 사장은 몹시 민망해했다.

송중원과 홍명준은 암담해지고 말았다.

송중원은 어둑어둑해져 집으로 돌아왔다. 그런데 박정애가 방문 앞에 서 있었다.

"허탁 씨 조선 건너갔나요? 왜 사흘씩이나 안 보이죠?"

박정애의 물음이었다.

"사고가 났소……."

송중원은 처량한 기분으로 그동안 있었던 일을 들려주었다.

"저한테 맡기세요. 그까짓 일 당장 해결돼요."

박정애는 발딱 몸을 일으키더니 다급하게 밖으로 나갔다.

허탁은 나흘 만에 풀려났다. 초췌해진 허탁을 부축한 건 박정애였다.

"수고했습니다, 박정애 씨. 정말 고맙습니다."

송중원은 그야말로 감격해 박정애 앞에 꾸벅꾸벅 고개를 숙였다.

"아니에요, 수고는 무슨……."

송중원은 박정애의 그 겸손함에 놀랐다.

"목욕하고 푹 쉬세요. 이따 저녁때 제가 한턱내겠어요."

박정애는 꽃웃음을 피우며 돌아갔다.

저녁때 박정애가 안내한 곳은 긴자의 고급 음식점이었다.

"얘는 제 동무 김정하예요. 지난번에 테니스 같이 치려고 했잖아요."

박정애가 친구를 소개했다.

"제 하숙집 주인이 아버지 동업자라고 했잖아요. 그분이 거상이라서 경찰서에 아는 사람들이 많아요. 그렇게만 알아 두세요."

박정애는 더 길게 말하지 않았다.

허탁은 다음 날부터 꼬박 1주일을 앓아누웠다.

"이봐, 지난 4월 17일 날 한성에서 조선공산당을 창립했다네."

"뭐, 뭐라고!"

누워 있던 허탁이 벌떡 일어났다.

20

하와이의 폭풍

사탕수수 농장이고 파인애플 농장이고 조선 사람들이 모여 사는 곳에서는 어디서나 큰 소동이 벌어졌다. 샌프란시스코에서 발행되는 동포신문 《신한민보》에 「임시 대통령 '리승만' 탄핵안」이 실려 있었기 때문이다.

저녁을 먹자마자 방영근네 작업조는 샌달우드 나무 아래 모여 앉았다.

"상배 형님, 어서 읽어 보시오."

누군가가 성질 급하게 말했다.

"내사 마 글도 짧고 눈도 침침한 기라. 누가 속 시원케 읽어 보소, 마."

조장 구상배가 신문을 들어 보이며 사람들을 둘러보았다.

"영근이 저 사람 뭘 하고 있어. 어서 일어나지 않고."

어떤 사람이 방영근을 지목했다.

방영근은 내키지 않았지만 어쩔 수 없이 신문을 펼쳐 들었다.

임시 대통령 '리승만' 탄핵안

1925년 3월 13일 대한민국 임시의정원에 「임시 대통령 '리승만' 탄핵안」이 상정되어 3월 18일까지 토의를 끝내고 3월 23일 의회에서 재적 의원 5분의 4의 출석과 출석 의원 4분의 3의 찬성으로 임시 대통령 '리승만' 탄핵이 통과하였다.

대한민국 임시 대통령 '리승만'은 세상 돌아가는 일에 어둡고 무소불위의 독재를 하였으며 포용과 덕성이 모자라 민주주의 국가 정부의 책임자 자격이 없음을 판정함.

임시 대통령 '리승만'은 대한민국 임시 헌법을 어겼고 국정을 혼란시켜 국법의 신성함과 정부의 위신을 타락하게 하였음을 판정함.

임시 대통령 '리승만'의 잘못을 심리하고 대한민국 임시헌법 제4장 제21조 제14항에 의하여 탄핵 면직을 판정함.

'리승만' 범과의 사실

하나. 임시 대통령 '리승만'은 임시 대통령의 선서를 이행하지 않았으며 각료들과 다투느라 정책을 세워 보지 못하였다.

　둘. 임시 대통령 '리승만'은 아무 때나 마음대로 법령을 발포하여 질서를 어지럽혔으며 정부의 처사가 자기 뜻에 맞지 않으면 지지자들을 선동하여 정부에 반항하였다.

셋. 임시 대통령 '리승만'은 임시의정원 결의를 무시하고 대통령직을 '황제'와 같다고 보고 '국부'라 하며 '평생 직업'으로 삼으려는 행동을 하여 민주주의 정신을 말살하였다.

넷. 임시 대통령 '리승만'이 미국에 머물면서 재미 동포들이 낸 세금과 정부 후원금과 공채표 발매금을 자기 뜻대로 처리하고 정부에 재정보고를 하지 않아 재정을 얼마나 축냈는지 알지 못하게 하였다.

다섯. 임시 대통령 '리승만'은 민중 단체의 지도자들과 충돌하여 정부를 고립 상태에 빠뜨리고 미국 한인 사회에 파벌 싸움을 일으켜 독립운동에 막대한 지장을 주었다.

방영근이 읽기를 끝냈다.

"우리가 독립운동에 쓰라고 낸 혈세를 상해로 보내지 않고 이승만이 제멋대로 했다는데, 이게 도대체 말이 되는 소리야!"

한 사람이 입을 열었다.

"그동안 이승만이 우리가 낸 혈세를 떼먹는다는 짜드락한 소문이 헛소문이 아니었능기라."

"아이고메, 피땀 쏟아 번 돈을 지놈이 어째서 먹어."

그들은 다투어 감정을 토해 냈다.

"다들 보이소! 우리가 이리 당허고만 있으믄 되겠능교."

"그려, 그놈이 돈을 도로 토해 놓게 만들어야 혀."

그들은 점점 흥분했다.

"우리가 다 이승만이헌티 몰려가서 도로 토해 놓게 해야 된다카이."

그들은 곧 자리를 박차고 일어날 것 같은 기세였다.

"다들 화통 삶아 먹었나? 우예 그리 맘이 급하노?"

구상배가 엄한 얼굴로 사람들을 둘러보았다.

"말이야 다 맞는디, 일이 우리 뜻대로 되지는 않을 것잉마. 이승만이는 대통령 자리에서 쫓겨나는 것으로 죄 닦음을 헌 셈이고, 그자는 우리가 몰려간다고 돈을 도로 토해 낼 물건이 아니라 그런 말이시."

방영근은 구상배의 말을 뒤받쳤다.

"그렇기도 헐 것이여. 그 인종 낯짝 뻔뻔허고 경우 없기로야 진작 소문난 것잉게."

누군가가 진하고 긴 한숨을 토해 냈다.

그러나 그들의 분노는 쉬이 가라앉지 않았다. 그들은 계속 이승만에게 험한 욕설을 퍼부어 댔다.

그런데 남용석은 한마디도 하지 않았다. 그럴 수밖에 없는 게 그는 선미에게 다달이 위자료를 물게 되면서 후원금은 고사하고 세금도 내지 못하고 있었다. 남용석은 두어 차례 경찰서에 갇히기도 했다. 그는 파인애플 가시에 찔려 가며 죽도록 일해서 번 돈을 꼬박꼬박 뜯기는 것을 너무 억울해했다. 그래서 어느 달에는 위자료를 주지 않았다. 그러자 선미는 곧바로 경찰서에 고발을 해 버렸다. 남용석은 어쩔 수 없이 위자료를 주고서야 풀려났다.

"그년이 내 철천지 웬수여. 그년 죽이고 내가 죽어야 혀."

남용석이 아무 때나 내뱉기 시작한 탄식이었다. 그리고 사람이 이상하게 변해 갔다. 늘 침울했고, 말도 잘 하지 않았다. 그런데 술자리가 생기기만 하면 염치도 체면도 없이 폭음을 했다. 그런 다음 날이면 영락없이 술병이 생겨 일을 나가지 못했다.

사람들은 남용석에게 충고도 하고 위로도 했다. 그러나 그는 달라지지 않았다.

그들은 밤늦게까지 이승만을 욕하며 울분을 토하다가 흩어졌다.

"고것 아주 꼬시게 잘된 일이로구마."

단둘이 걷게 되었을 때 남용석이 불쑥 한 말이었다. 목소리에
는 오랜만에 생기가 넘쳤다.

"뭐가 잘돼야?"

방영근은 무슨 말인지 얼른 종잡지 못했다.

"이승만이가 돈 떼먹고 망쪼 들었응게 인제 내가 살판나게 생겼
단 말이시."

"자다가 봉창 두들기는가 시방?"

방영근은 의아해했다.

"어허, 그것이 누굴 믿고 그리 날쳤나? 이승만이 망혔으니 그것
도 인제 나헌티 꼼지락 달싹 못 허게 생겼단 말이시."

남용석의 말이 영 엉뚱했다. 그는 더 이상 위자료를 주지 않아
도 된다고 생각하는 눈치였다. 방영근은 오랜만에 생기를 찾은
그의 기분을 차마 깰 수가 없어 아니라고 말할 수가 없었다.

방영근은 일요일 아침 늦잠에서 깨어났다. 잠을 깨운 구상배가
침상에 걸터앉았다.

"자네 나이 헛먹었네. 무슨 늦잠이 그리 늘어지노?"

구상배가 빙긋이 웃었다.

"참 성님도, 처자식도 없는데 공일날 늦잠 자는 낙도 없으면 무
슨 재미로 살겠소."

방영근은 꾸무럭거리고 일어나 앉으며 입이 찢어져라 하품을

했다.

"옳지, 그러니 인제 여러 말 말고 장가들라카이. 자네는 요번 일 당허고 어떤 생각이 들더노? 독립이 쉬 올 것 겉드나? 감감헌 일인 기라. 임시 대통령이라는 감투를 쓴 인종이 그 꼬라지니 어느 세월에 독립이 되겠노? 보래, 우리가 하와이 땅에 온 지 벌써 20년 아이가, 20년! 그 긴 세월이 흘러도 독립이 안 될 줄 누가 알았노? 이대로 또 20년이 흐르면 자넨 우짤 끼고? 그러니 뻐떡 장가들어야 된다카이. 우예, 내 말이 틀리나?"

구상배는 양쪽 입꼬리에 침버캐가 끼도록 간곡하게 말했다.

방영근은 한숨을 푹 내쉬었다. 구상배의 말을 듣고 보니 새삼스럽게 참담해졌다.

"성님, 내가 시방 마흔이요. 제때 장가들었으면 손주 볼 나이란 말이오. 그리고 용석이 꼴 나고 싶지 않소."

방영근은 스산하게 웃었다.

"어허, 세상 여자가 어디 다 그렇나? 내가 소개헐 여자는 마음씨 좋고, 예절 바르고, 몸 실허고, 나무랄 데가 없는 기라. 흠이라카면 과부라는 긴데, 자네도 말만 총각이제 마흔 살이나 먹었으니 서운할 것 없는 거 아이가? 뜸 그만 들이고 뻐떡 예식 올리자 그만."

구상배는 방영근의 무릎을 잡아 흔들었다.

"알겠소, 생각혀 보겠소. 나도 요번 일 당허고 생각이 많아졌구만요."

"와 아이라. 우쨌그나 독립이 쉬 될 끼라고 믿어서는 안 된대이. 사흘 안으로 답해야 되능 기라. 알갔나!"

구상배는 버럭 소리쳤다. 그 얼굴에 만족스러운 웃음기가 어려 있었다.

구상배가 돌아간 다음에도 방영근의 얼굴은 여전히 침울했다. 이제 와서 장가를 든다니, 참 어이없는 일이었다. 고향에 곧 돌아가리라는 생각 하나로 미루고 미루어 온 혼인이었다. 그런데 오늘은 다른 때와는 달리 구상배의 말을 강하게 무지를 수가 없었다. 그의 말대로 독립이 언제 올지 알 수 없기 때문이었다.

사람들은 땡볕 속에서 나날이 노동에 시달리면서 이승만을 욕하기에도 지쳐 가고 있었다.

그런데 그 사건으로 부풀어 올랐던 남용석의 기대는 헛꿈이 되고 말았다. 남용석은 또 경찰서로 붙들려 들어갔다. 위자료를 부치지 않아 또 선미에게 고발을 당한 것이었다.

"요런 나쁜 년 보소. 이승만이 동포들헌티 지은 죄가 얼만디 아직도 나대는 것 보소. 내가 요번에는 죽이고 말 거다. 아이고메, 사람 미치겠능거!"

남용석은 다른 때와는 달리 몸부림치고 소리치며 잡혀갔다. 그리고 위자료를 경찰서에 내놓고 이틀 만에 풀려났다.

"요런 빌어먹을 일이 이승만이 쫓겨난 것허고는 아무 상관이 없 덜 안 혀?"

풀이 죽어 경찰서를 나선 남용석이 뭉텅이진 한숨을 토해 냈다.

"그야 자네가 잘못 생각헌 것이제."

방영근의 냉정한 듯한 대꾸였다.

"아이고메, 더 못 살겄네. 그 못된 것을 먹여 살리느라고 고생고 생허느니 차라리 그것을 죽이고 나도 죽을 참이시."

남용석은 연거푸 이틀이나 일을 나가지 않고 술에 취해 다녔 다. 방영근이 야단을 치고 구상배가 달래고 했지만 아무 소용이 없었다.

사흘째 되는 날 아침, 농장이 발칵 뒤집혔다. 무장 경찰들이 차 를 타고 들이닥쳐 집집마다 뒤지기 시작했다. 경찰은 남용석을 찾고 있었다. 그때서야 사람들은 남용석이 간밤에 집을 비웠다는 것을 알았다.

파인애플 밭까지 다 뒤지고도 허탕을 친 경찰이 남기고 간 소 식은 너무나 뜻밖의 사건이었다. 간밤에 선미가 살해되었다는 것 이었다.

'요런 미친놈아, 요런 미친놈아······!'

방영근은 주먹을 부르쥐며 부들부들 떨었다. 그저 홧김에 하는 소리인 줄만 알았지 정말 사람을 죽이리라고는 생각지 못했다.

사흘째 되는 날 경찰서에서 연락이 왔다. 남용석의 시체를 와이키키 해변 끝 벼랑 아래서 찾아냈다는 것이었다. 그곳은 조선 쪽이었다.

21

꺾이지 않는 꽃

등잔불이 가물거리고 있었다. 송수익은 또 문장 하나를 써 놓고 한정 없이 앉아 있었다. 오랜만에 필을 드니 할 말은 많고, 짧은 편지에 마음을 다 담자니 글 엮기가 더디었다.

중원이 모친 전

무심히 흐른 세월이 십오 년이오. 그동안 몸과 마음이 얼마나 힘드시었소. 대의를 지킨다 하여 지아비 노릇을 못한 그 죄가 바다를 덮고 하늘에 이름을 잘 알고 있소. 당신과 집안은 평안한지요. 이 몸은 당신의 염려 덕에 잘 지내고 있소.

그동안 편지 쓰는 것을 삼가다가 이렇게 필을 든 것은 못 잊을

연고가 가슴에 맺힌 까닭이오. 당신이 더 잘 기억하리라 믿소만
우리가 더불어 부부의 연을 맺은 지 금년으로 꼭 30년이오. 평화
로운 세상이었으면 얼마나 큰 잔치를 벌였겠소. 허나 그냥 넘기기
애달파 조그만 정표로 호박 반지를 사람 편에 보내면서 몇 자 적
는 것이라오.

중원이하고 가원이가 효를 알되 하늘에 부끄러움이 없는 장부
로 살아가기를 바라고 있소. 헤아려 보니 중원이가 대학을 졸업했
을 터인데, 이 아비의 뜻을 전해 주시오. 회신하려고 하지 마시오.
당신의 무강과 집안이 두루 평안하기를 빌겠소. 이만 총총.

송수익은 처음부터 다시 편지를 읽어 보았다. 편지글 사이사이마다 아내의 모습이 어렸다. 호박 반지는 금·은·옥보다 헐값이었다. 마음 같아서는 청옥 쌍가락지를 해 주고 싶었다. 그러나 돈이 없었다. 그래도 호박을 몸에 지니면 온갖 잡귀를 막아 주고, 건강을 지켜 주고, 장수한다고 했다. 송수익은 호박 반지에다 자신의 그런 마음까지 곱절로 담았다.

송수익은 다음 날 일찍 지삼출과 함께 길을 잡았다. 대종교 시교당에서 회의가 있었다.

"…… 만복이는 어찌하고 있소?"

송수익이 길을 걸으며 물었다.

"그놈이 누구를 닮아 그런지 겁도 많고 기운도 못 쓰고, 사람 노릇 허기는 영 글렀구만이라우. 여자도 쏘는 총을 무서워서 벌벌 떨고, 그 쉬운 훈련도 못 이기고 비실비실허니, 고런 못난 쫌팽이는 팍 엎어 자근자근 밟아 부려야 허는디."

지삼출은 굵은 목덜미가 벌겋게 부풀고 이마에 핏줄이 솟도록 화를 냈다.

"그리 외골수로만 생각할 일이 아니오. 만복이가 공부는 잘하잖소."

"조선 놈이 만주에서 총질 잘허고 기운 잘 써야제 책이나 파고 들어 어디다 써먹겠능게라. 지놈이 과거 급제헐 것도 아니고."

지삼출이 한숨을 토해 냈다.

"보시오 지 동지, 어디 독립운동이 독립군만 하는 것이오? 농부들이 피땀 흘려 뒷바라지하니까 독립군도 싸울 수 있는 것 아니오. 왜 신흥무관학교 출신들이 소학교 선생을 하겠소? 우리 대종교 활동은 또 뭐요? 친일 모리배들을 빼고는 만주에 사는 우리 동포들 모두가 독립운동을 하고 있는 것이오. 그러니 만복이도 제 능력에 맞춰 일을 고르면 되지 않겠소. 공부에 더 열중해서 소학교 선생을 해도 좋고, 대종교 일을 봐도 좋고."

송수익은 잔잔하게 웃으며 지삼출을 그윽하게 바라보았다.

"그렇기는 허구만요……."

지삼출은 반가운 얼굴로 멋쩍은 듯 웃고는, "천수동이 아들 상길이는 떡허니 독립군이 되었는디 그놈이 이 애비 체면에 먹칠 똥칠 다 해 부렀구만요." 하며 아무래도 아쉬운 듯 혀를 찼다.

"그런 생각 마시오. 만복이가 더 큰 공을 세울 수도 있으니까."

송수익은 이렇게 말하면서도 지삼출의 심정을 충분히 이해했다.

마차역에 다다른 송수익과 지삼출은 무송으로 가는 마차를 탔다. 무송은 통화나 유하에 비해 지형이 험해 아직은 안전한 편이었다. 그래도 마음을 놓을 수가 없어 지삼출이 함께 나선 길이었다.

무송의 회의장 둘레에는 젊은 무장 독립군들이 경계를 서고 있었다. 각 시교당의 시교사들은 어느 독립운동 단체에든 속해 있는 간부급 독립운동가들이었다.

회의의 주제는 제자리걸음 하고 있는 교세를 키울 대책을 마련하는 것이었다.

"……날로 커 가던 우리의 교세가 이제 전혀 늘지 않고 있습니다. 우리 대종교의 목표는 배달의 나라를 세우는 것인데, 대종교의 교세가 늘지 않는 것은 바로 독립군의 세력이 늘지 않는 것이므로 걱정하지 않을 수가 없습니다. 이는 공산주의라는 새 바람에 청년들이 휩쓸리면서 우리 대종교에 들어오지 않고 있기 때문입니다. 게다가 기존의 대종교인 젊은이들마저 빠져나가고 있습니다. 그래서 대책을 마련하기 위해 회의를 소집한 것입니다. 앞으로 어떻게 해야 할지 의견을 내 주시기 바랍니다."

한법린이 침통한 얼굴로 말했다.

"헌데 청년들이 공산주의에 쏠리는 까닭이 대체 무엇인가요?"

"공산주의는 두 가지 큰 주장을 내걸고 있습니다. 첫째가 가난한 노동자와 농민들을 부자나 지주들의 속박에서 해방시킨다는 것이고, 둘째가 열강들에게 지배당하는 세계 약소민족들의 독립을 적극 지원한다는 것입니다. 나라도 찾고 가난도 면하게 된다는데 동포 청년들이 그쪽으로 쏠리는 건 당연한 일이 아닐까 합니다."

"예, 그럼 우리 대종교에 없는 게 가난을 면하게 해 준다는 것이로군요. 그 점을 교리에 새로 넣으면 문제가 해결되지 않겠습니까?"

"그렇게 되면 밥술 좀 뜨는 사람들은 다 빠져나가고 말 겁니다."

"그건 너무 조급한 의견이시고, 공산주의가 약소민족의 독립을 지원한다니까 서로 협조하면 어떻겠습니까?"

"대종교도가 대종교를 부인하는 부류와 협조한다는 건 바로 우리 스스로 대종교를 부인하는 배교 행위가 아니고 무엇입니까?"

"그건 너무 극단적인 생각입니다. 우리의 목표인 독립을 이루기 위해 협조를 할 수 있다는 것이지 배교하자는 건 아니지 않습니까?"

"목표도 중요하지만 그보다 더 중요한 건 근본이지요. 근본이 서로 다른데 어느 한 부분이 같다고 근본을 훼손할 수야 없는 일이지요."

많은 의견이 오갔지만 송수익은 그저 듣고만 있었다. 공산주의자들과 협조를 할 것인가, 말 것인가. 그것은 쉽사리 결론이 날 문제가 아니었다.

회의는 다음 날까지 계속되었다. 그러나 두 가지 의견이 팽팽하게 맞선 가운데 입씨름만 되풀이되었다.

송수익은 독립운동이 또다시 어려운 고비를 맞고 있다는 것을 실감했다. 대종교가 종교인 한 공산주의 세력과의 갈등은 피할 수 없을 것이었다. 그건 복벽주의와 공화주의의 대립과 똑같은 성질의 것이었다.

복벽주의와 공화주의가 끝내 하나를 이루지 못한 것은 너무나 당연한 일이었다. 하나뿐인 목숨을 내걸고 나라를 되찾자는 것은 나라를 빼앗은 자들만 원수로 삼는 것이 아니었다. 나라를 빼앗긴 자들까지도 단죄하자는 뜻이 내포되어 있었다. 그러므로 목숨 바쳐 되찾은 새 나라는 마땅히 백성들이 주인이 되는 공화주의라야 했다. 그런데 복벽주의자들은 나라 빼앗긴 죄인들의 나라를 만들자는 것이었다. 그것은 용납할 수 없는 망동이었다.

만주까지 온 임병서와 단호하게 결별한 것도 그가 한사코 복벽주의를 고집한 때문이었다. 그를 전덕원의 세력에게 안내해 주면서도 아쉬움은 전혀 없었다. 그와 헤어진 지 10년 세월인데 어디서 무엇을 하고 있는지 알 수가 없었다.

"송 선생께서는 전혀 의견을 내놓지 않으시던데, 어인 일이신지요?"

단둘이 마주하게 된 한법린이 송수익을 깊은 눈길로 바라보았다.

"예, 그 문제가 그러니까 복벽주의와 공화주의의 대립 같은 성질인 탓에⋯⋯."

송수익은 이렇게 말막음을 했다.

"예, 대안이 없다고 파악하셨군요……."

한법린이 억누른 한숨을 쉬었다.

"제 생각으로는 청년들이 급속하게 공산주의에 빠져드는 데는 이유가 하나 더 있지 않나 싶습니다."

한법린이 그게 무엇이냐고 눈으로 묻고 있었다.

"제가 청년들을 접해 보니, 그들은 우리의 독립을 단순히 우리 민족만의 문제로 생각하지 않는 것 같았습니다. 그러니까 공산주의 국제 동맹의 힘으로 일본 제국주의를 타도해야 된다고 생각한다는 거지요. 다시 말하면 공산주의 대열에 서면 힘이 큰 나라인 소련과 중국 사람들을 투쟁의 동지로 확보하게 된다는 것입니다. 우리는 그동안 수많은 희생을 치르며 줄기차게 싸워 왔지만 왜놈들은 오히려 힘이 더 커져 만주까지 위협하고 있지 않습니까? 결국 청년들은 우리 힘만으로는 한계가 있다는 것을 깨달은 것입니다."

"예, 그럴 수도 있겠군요, 그럴 수도 있겠어요……."

한법린은 침통한 얼굴로 고개를 주억거리며 혼잣말을 했다.

"혹시 강 건널 발길이 있는지요?"

송수익은 낮고 조심스럽게 물었다.

"예, 수시로 있지요. 뭐 전하실 소식이라도 있으신가요?"

"예, 안사람한테 전할 편지가 있어서……."

"주시지요. 빈틈없이 전하도록 단단히 이르겠습니다."

"편지만이 아니고 반지도 하나 있습니다. 금년이 안사람과 혼인한 지 30년이라 그냥 넘기기 서운해서 호박 반지를 하나 장만했습니다."

"아, 참 잘하셨습니다. 헌데, 기왕이면 옥 반지로 하시지 그러셨습니까?"

한법린이 아쉽다는 듯 혀를 찼다.

송수익과 지삼출은 나흘 만에 돌아왔다. 그런데 마을에 큰 사고가 벌어져 있었다. 천수동의 아내 솜리댁과 수국이가 행방불명된 지 이틀이 지나 있었다.

"뒷산으로 나물 뜯으러 가서는 함흥차사여."

애를 태워 입술이 파삭 탄 천수동의 말이었다.

"그려! 그놈이 왔을 것이여. 바로 그놈이 수국이 잡으러 온 것이랑게."

지삼출은 갑자기 이렇게 외치며 송수익 쪽으로 후딱 고개를 돌렸다.

"그런 것 같소. 그놈이 직접 오지 않았더라도 누군가 딴 놈을 시켰을 것이오."

송수익이 입을 열었다.

그들은 양치성이 죽지 않았다는 것을 방대근한테 들어 알고 있었다.

"자, 이러고 있을 때가 아니오. 출동 준비합시다."

송수익이 급히 돌아섰다.

한편, 수국이와 솜리댁은 벌써 사오백 리 밖 안도현에 다다라 있었다. 그들은 어느 집 골방에 따로따로 갇혔다.

수국이는 이틀 동안 마차에 실려 오면서 두 가지 생각밖에 할 수가 없었다. 하나는 옆 동네 하 서방 생각이었고, 다른 하나는 도망칠 생각이었다.

하 서방이 밀정의 끄나풀이었다니…… 도무지 믿을 수가 없었다. 언제나 벙글거리고 아이들하고도 장난질을 잘하는 하 서방은 사람 좋기로 소문나 있었다.

"솜리댁, 솜리댁, 뭘 하고 있소. 천 서방이 지금 뙤놈 순사한테 잡혀가고 있소."

하 서방의 말을 듣고 수국이는 솜리댁과 함께 하 서방을 따라 정신없이 뛰었다.

그렇게 등성이를 넘어 산비탈을 뛰어 내려가는데 바위 뒤에서 두 남자가 불쑥 뛰쳐나왔다. 농사꾼 차림인 그들은 권총과 칼을 들고 있었다.

"뒤탈 안 나게 하시오. 나는 그만 가도 되지요?"

하 서방은 수국이와 솜리댁을 거들떠보지도 않고 돌아섰다.

끌려오는 내내 수국이는 그저 도망칠 궁리만 했다. 무슨 수를 써서든 살아나야 했다. 짐작대로 양치성에게 붙들려 가는 것이라면 영락없이 죽을 길이었다. 어머니 원수도 못 갚고 자기마저 그놈 손에 죽을 수는 없었다. 그리고 하 서방 그놈 때문이라도 살아 돌아가야 했다.

그러나 도망칠 틈이 생기지 않았다. 밤에는 손발을 묶어 버렸고, 변소에 갈 때도 밖에서 꼭 지키고 있었다.

두 사내는 골방에서 솜리댁을 어르고 있었다.

"그 말만 하면 살려 준다니까."

뱀눈의 사내가 말했다.

"저쪽 방 여자가 다 털어놨어. 어서 대란 말야."

주먹코의 사내가 윽박질렀다.

'정말일까? 수국이가 정말 말했을까? 아니야, 이놈들이 날 속이는지도 몰라. 아니, 수국이가 살아나려고 말했는지도 몰라.'

솜리댁은 혼란에 빠지고 있었다.

"자, 이 돈을 줄 테니까 어서 한마디만 하고 집으로 돌아가. 애들이 기다리잖아? 말 안 하고 저 칼에 찔려 죽을 건 없지 않나?"

주먹코가 손아귀 속의 동전을 흔들었다. 뱀눈은 그 뒤에서 칼을 흔들고 있었다.

솜리댁의 눈앞에는 네 아이의 모습이 어른거렸다. 막내가 우는 소리도 들렸다.

"어서 말해! 그놈 본명이 뭐야?"

뱀눈이 느닷없이 다가서며 칼을 들이댔다.

"아이고메, 소, 소, 송수익……."

솜리댁은 자신의 입을 얼른 막았다.

"그래, 송수익. 거짓말 안 했으니 집에 보내 주지."

주먹코가 싱그레 웃고는, "이봐, 바로 마차 태워서 보내 줘." 하고 뱀눈에게 턱짓하며 일어섰다.

"일어나, 가게."

뱀눈이 칼을 허리춤에 꽂으며 솜리댁의 팔을 낚아챘다.

"수국이도 함께 보내 주는 것이제라?"

솜리댁의 목소리는 떨리면서도 들떠 있었다.

"그년은 더 조사할 게 있으니까 너나 먼저 가."

뱀눈의 퉁명스러운 대꾸였다.

다음 날 수국이는 주먹코에게 이끌려 마차를 탔다. 뱀눈과 솜리댁이 보이지 않았다.

"그 아줌니는……."

"걱정 말어. 필요 없어서 보냈으니까."

수국이는 머리가 핑 울리는 충격에 부딪혔다. 그건 새빨간 거짓말이었다. 솜리댁이 돌아가면 하 서방이 끄나풀이라는 게 들통

날 수밖에 없었다.

'솜리댁을 죽였구나!'

그러나 수국이는 속마음을 들키지 않으려 애썼다. 살아야 한다는 생각이 더 절박해졌다.

수국이는 예쁘게 보일 작정을 했다. 마차에서 내려 점심을 먹기 전에 변소에 가서 머리를 풀어 손가락으로 여러 번 빗질을 했다. 그런 다음 정성을 다해 머리를 틀었다. 그리고 두 손바닥으로 얼굴을 세게 문지르고 옷매무새를 단정하게 고쳤다.

변소를 나선 수국이는 아까와는 딴판으로 예뻐 보였다. 주먹코는 그만 어리둥절해졌다. 처음부터 쓸 만하게 생긴 줄은 알았지만 저렇게 예쁜 줄은 몰랐다.

중국 음식점에서 주먹코와 마주 앉아 점심을 먹으면서도 수국이는 사르르 웃음기 도는 얼굴을 했다.

'하, 볼수록 예쁘게 생겼구먼. 분 발라서 비단옷 입혀 놓으면 얼마나 더 예쁠까?'

주먹코는 수국이를 바라보느라 건성으로 빵을 우물거렸다.

마차를 타고 한동안 가다가 주먹코가 불쑥 말했다.

"양 형사하고 어떤 사이야?"

"양 형사라……? 아이고메, 시방 나를 그 사람헌티로 데리고 가시오?"

수국이는 화들짝 놀라는 시늉을 하며 울먹거렸다. 그러면서 양치성과 자신이 어떤 관계인지 모르는 것에 안도했다.

"어떤 사이냐니까!"

"그냥 남남인디…… 자꾸 함께 살자고……"

"서방이 있는데도?"

"……병들어 죽었구만요."

수국이는 주먹코에게 잘 보이려 애를 썼다.

'흥, 김동수의 본명을 알아내라는 건 결국 이따위 사적인 일을 시키기 위한 눈가림이었다 이거지.'

주먹코는 이 일을 시킨 양치성에게 심사가 뒤틀리고 있었다.

날이 어둑어둑해서 마차는 멈추었다. 수국이는 주먹코를 따라 어떤 집으로 들어갔다.

주먹코는 기분을 내려는지 술상을 차려 놓고 수국이를 마주 앉게 했다. 수국이는 마지못한 척 앉아서 주먹코가 술잔을 비울 때마다 부지런히 잔을 채웠다. 주먹코는 따라 주는 술을 넙죽넙죽 받아 마셨다.

술에 잔뜩 취한 주먹코는 곧 쓰러지더니 코를 골아 댔다. 수국이는 잔뜩 웅크리고 앉아 있었다. 아직 밤이 깊지 않았다. 얼마가 지났을까? 건드려 보고 밀어 보아도 주먹코는 잠에서 깨지 않았다. 수국이는 살금살금 기어가 사내의 등짐을 풀었다. 등짐에서 권총과 칼이 나왔다. 당연히 칼을 써야 했다. 권총은 쏘아 본 적도 없었고, 소리가 울리면 끝장이었다.

수국이는 칼을 꼬나들고 사내의 가슴을 내리찍었다. 한 번이 아니었다. 두 번, 세 번 내리찍었다. 수국이에게 그 사내는 양치성으로 보였다.

수국이는 주먹코의 숨이 끊어진 것을 확인했다. 그러고 나서야 자신의 온몸이 부들부들 떨리는 것을 알았다. 사내의 옷을 뒤져 돈을 찾아냈다.

수국이는 안간힘을 써서 담을 넘었다.

22

회오리바람

　이동만의 기와집 넓은 마당에는 차일이 높게 쳐져 있었다. 부침개질하는 고소한 기름 냄새가 집 안을 넘쳐 온 동네에 퍼지고 있었다.

　"어험, 험……."

　안방에서 나온 이동만은 대청마루에 서서 마당을 굽어보고 있었다. 그는 그지없이 기분이 좋았다. 20여 년 전에 자신의 쉰다섯 살 생일을 이렇듯 거창하게 차릴 수 있으리라고는 상상도 못했다. 아무리 곱씹어 생각해도 자신이 장하지 않을 수 없었다.

　쉰다섯 살 생일잔치를 크게 벌일 생각은 없었다. 그런데 2월 들어 요시다가 갑자기 본사로 불려 가더니 그 길로 면직이 되고 말왔다. 나이가 60이라는 게 탈이었다. 이동만에게 요시다는 은인이면서도 거북살스러운 상전이었다. 그가 없어지지 않는 한 돈 있는 표를 낼 수가 없었다. 그는 요시다가 없어지자 소리 없이 만세를 불렀다. 그런데 아내가 새해맞이 점을 보고 왔다. 쉰다섯 생일 잔치를 걸게 차리고 풍악을 울려 이웃을 대접하면 부귀영화가 구름처럼 일고, 수명을 구십까지 누린다는 점괘가 나왔다. 더 큰 부귀영화에 아흔 살까지 산다니 돈 아까울 게 없었다.

이경욱은 사랑채에서 형 경재의 비꼬인 말투에 시달리고 있었다.

"니가 대학 교복을 입고 앉었응게 인물이 훤헌 것이 나는 영 똥덩어리다, 잉? 집에서도 꼭 교복을 입어야 쓰겄냐?"

이경재는 이불 더미에 반쯤 기대 누워 동생 경욱이에게 턱을 까딱거렸다.

"다 아부지 뜻이여."

문 쪽으로 고개를 돌린 이경욱의 대꾸는 퉁명스러웠다.

"헹, 대일본 제국 대학생 아들을 자랑허겄다 그것이제? 그려, 많이 자랑혀야제. 대학생도 그냥 대학생이냐? 장래 판검사감인디. 하면, 나 겉은 측량쟁이야 똥 친 작대긴께로."

이경욱은 자리를 박차고 나가고 싶었지만 대학 공부를 하지 못한 형의 마음을 헤아려 꾹 참았다.

"큰서방님, 작은도련님, 나오시랑마요."

밖에서 들려온 늙은 목소리였다.

살았다 싶어 이경욱은 얼른 몸을 일으켰다.

차일 아래에는 꽤 많은 사람들이 북적거리고 있었다. 축하객들의 차림은 한눈에 행세깨나 하는 사람들로 보였고, 일본 사람도 적잖이 섞여 있었다. 하시모토의 모습도 보였다.

점괘에는 분명 이웃을 대접하라고 했다. 그러나 손님들 가운데 가난한 이웃은 한 명도 보이지 않았다.

축하객은 모두 40명쯤이었다. 그중에서 10여 명이 대청에 비단 방석을 깔고 자리를 잡았다. 그 한가운데 자리에 하시모토와 경찰서 사찰과장이 앉았다.

기생들의 권주가로 잔치가 시작되었고, 자식들이 절 올리는 순서가 이어졌다. 큰아들 이경재가 아버지 앞에 큰절을 올렸다. 그런 다음 하객들에게 고개 숙여 인사했다.

"측량 기사 큰아들 경재구만요."

이동만은 커다란 소리로 큰아들을 소개했다.

형이 물러나자 이경욱도 아버지 앞에 큰절을 올렸다. 그리고 하객들에게 인사했다.

"조도전대학 법학부에 댕기는 작은아들 경욱이구만요."

이동만의 목소리가 아까보다도 컸다.

식사가 끝나고 여흥이 시작되었다. 차일 아래 한구석에서 상을 받고 앉아 있던 한 쌍의 남녀가 걸어 나와 대청을 마주 보고 인사를 올렸다. 여자는 빨간 댕기를 드린 처녀였고, 마흔 살쯤 돼 보이는 남자는 오른손에 북채와 북을 들고 있었다.

처녀는 대청을 바라보고 멍석 가운데 단정히 섰고, 남자는 멍석 끝에 자리를 잡고 앉았다.

퉁, 타닥!

북장단이 울렸다.

함평천지 늙은 몸이 광주 고향을 보려 허고
제주 어선 빌려 타고 해남으로 건너갈 제…….

남도 사람들이 즐겨 부르는 〈호남가〉라는 단가였다. 단가는 소리꾼들이 본소리에 들어가기 전에 목다듬이로 부르는 노래였다.

"얼싸 좋다!"

"어와, 잘헌다!"

추임새에서 흥이 터지고 있었다.

쉰 듯 우렁차고 구성진 듯 활달한 처녀의 소리는 대청이며 차일을 흔들었다.

대청에 지루하게 앉아 있던 이경욱은 귀가 번쩍 뜨였다. 어릴 때부터 수없이 듣고 흉내도 낸 노래인데 그렇게 잘 부르는 소리는 처음이었다.

그런데 여자를 보는 순간 이경욱은 가슴에서 회오리가 일었다. 여자의 자태가 너무나 곱고 우아했다. 여자에게 그런 감정이 일어난 것은 난생처음이었다.

여자는 〈춘향가〉 중에서 춘향이가 변 사또 앞에서 곤장 맞는 대목인 〈십장가〉를 부르기 시작했다.

"얼싸 잘헌다!"

"옥비 명창 최고다!"

흥에 겨운 청중들의 추임새가 흐드러졌다.

'아아……, 저 여자 이름이 옥비로구나! 옥비, 무슨 뜻일까…….'

이경욱은 소리에 열중하고 있는 옥비를 넋 놓고 바라보고 있었다.

소리를 마친 여자가 두 손을 앞으로 모으고 인사를 했다.

"재청이요, 재청!"

"옥비 명창 재청이요!"

사람들이 열렬하게 박수를 치며 외쳤다.

"재청은 쬐께 있다가 받고, 여기 올라와서 귀인들헌티 술 한 잔씩 올리거라."

박수 소리를 가르며 대청에서 날아온 호령이었다. 이동만이었다.

이경욱은 그만 가슴이 철렁했다.

옥비는 고개를 약간 숙이는 듯하더니, 다음 순간 고개를 똑바로 들었다. 청중들의 뜨거운 환호에 피어났던 웃음이 싸늘하게 걷혀 있었다.

"죄송스럽구만요. 소인은 소리꾼이제 기생이 아니구만요."

또렷하고 카랑한 목소리였다.

'아아……'

이경욱은 감탄했다. 그러나 이내 두려움에 사로잡혔다. 아버지가 어떻게 나올지 몰랐던 것이다.

"아이 어르신, 소리꾼은 예인이옵니다. 어르신 같으신 분이 예인을 귀히 여겨 주셔얍지요."

이동만 옆에 앉은 예쁘장한 기생이 서울말을 흉내 내며 날렵하게 말했다.

"예, 고종 황제께오서도 소리꾼을 예인 대접했구만요. 술은 지가 올리겠구만요."

하시모토 옆에 앉은 기생이 잽싸게 말을 받으며 눈웃음을 쳤다.

"허! 고종 황제께서? 그, 그……."

이동만은 혀끝까지 나온 금시초문이라는 말을 황급히 삼켰다. 무식을 드러낼 수는 없었던 것이다.

"그려, 황제께서 허신 일을 나가 범헐 수야 없제."

이동만은 호탕한 척 말했다. 그리고 그는 사찰과장에게 낮은 소리로 설명을 했다.

"소우데스까네(그렇다구요)?"

설명을 들은 사찰과장이 떫은 표정을 지었다.

옥비는 삼청까지 받고 물러섰다.

옥비의 소리가 끝나면서 사찰과장과 하시모토는 바쁘다며 자리를 떴고, 사람들은 끼리끼리 술판을 벌였다.

이경욱은 옥비가 있는 쪽으로 발길을 옮기면서 옥비를 뚫어지게 바라보았다. 옥비가 고개를 들었다. 그 순간 두 사람의 눈길이 마주쳤다. 이경욱은 흡! 숨이 막혔고 옥비가 황망하게 눈길을 떨구었다.

이경욱은 이튿날까지도 옥비 생각에 사로잡혀 있었다. 옥비를 다시 만나려면 전주 기방으로 찾아가야 하나, 집을 알아내야 하나……. 이 문제로 엎치락뒤치락 고심하다가 전화를 받았다.

"아, 날세. 학교에 나와 일 좀 거들어 주지 않겠나."

고서완 선생이었다. 그 말은 아지트로 나오라는 암호였다.

이경욱은 정신이 번쩍 들어 옥비 생각에서 벗어났다.

"일을 시작하기 전에 자네도 내용을 알아 둬야겠네. 동경 조직을 통해서 서로 연결이 됐는지 모르겠는데, 자네 혹시 송중원이라고 아나?"

언제나 차분한 목소리로 고서완이 물었다.

"예, 알고 있습니다."

이경욱의 뇌리에는 지성적이고 사색적인 송중원의 모습이 금방 떠올랐다.

"음, 그 집안이 지금 어려움에 처했네. 송 동지 춘부장께서는 의병장 수 자 익 자 어르신이신데, 그분은 세상을 뜨신 것으로 되어 있었네. 나도 그리 알았고. 헌데 그분은 돌아가신 게 아니라 만주로 가서서 여지껏 독립 투쟁을 하셨다네. 그 사실이 얼마 전에 드러나 이쪽 경찰서로 연락이 왔고, 그 사실을 숨겨 온 가족들이 다 체포되었네. 그 일로 자네 전주 좀 급히 다녀와야겠네."

"예, 알겠습니다. 헌데 그 어르신께서는……?"

'송중원의 아버지가 지금까지 만주에서 투쟁을 하고 있었다니!' 이경욱은 자기와 너무 다른 가정환경에 또 심한 열등감과 죄의식을 느꼈다.

"그분을 체포했다고 경찰에서 떠들지 않는 것을 보면 무사하신 것 같군. 자, 이 편지를 이태준 변호사께 전해 드리게."

고서완이 편지 봉투를 내밀었다.

"예, 다녀오겠습니다."

이경욱은 곧바로 일어섰다.

가택수색과 함께 송수익의 아내 안 씨가 잡혀 들어간 것은 5일 전이었다. 안 씨는 남편이 만주에 살아 있다는 것을 꼼짝없이 시인할 수밖에 없었다. 남편이 보내 준 편지가 농 속에서 나왔던 것이다.

송중원은 한성 자취방에서 체포되었다. 그런데 밤중에 급습을 당해 사상 학습을 하던 세포조직원 다섯까지 체포되고 말았다. 학습용 책자들이 결정적 물증이었다. 그 사태로 송중원은 군산경 찰서로 이송되지 않고 종로경찰서에 묶여 버렸다.

체포는 거기서 끝나지 않았다. 송수익의 사돈 신세호가 쇠고랑을 찼고, 고등보통학교 졸업반인 송중원의 동생 가원이까지 끌려갔다.

그 사건은 양치성이 출장을 와서 터뜨렸다. 그는 수사를 지켜보면서 초반에 벌써 만족하고 있었다. 그는 자신의 공적으로 두 가지를 노렸다. 첫째가 송수익이 살아 있다는 사실을 확인한 것이었고, 둘째는 송수익과 내통해 온 조직을 일망타진하는 것이었다. 그런데 송수익의 큰아들을 체포하는 과정에서 뜻밖의 수확까지 얻었다. 송수익의 큰아들 수사에서 공산당 하부 조직이 줄줄이 드러난다면 그처럼 큰 공적이 없었다.

양치성은 원산을 떠나오기 전에 이미 송수익과 수국이를 살해하라는 명령을 내렸다.

양치성은 이번에야 비로소 군산이 자기 고향이라는 아늑함을 느꼈다. 정년을 앞둔 우체국장 하야가와가 2년 전에 본국으로 돌아갔다. 하야가와가 버티고 있을 때는 왠지 고향이 불편하고 거북했다. 이번 사건을 공적으로 잘 이용하면 군산으로 전근할 수도 있을 것 같았다.

한편, 송수익의 아내 안 씨는 며칠 동안 고문을 당해 거의 실신 상태에 빠져 있었다. 얼굴은 피멍투성이였고, 치마저고리에는 피 얼룩이 범벅이었다.

"대라니께, 얼른 대!"

"모르요, 나는 모르요"

며칠 동안 이 말을 끝없이 되풀이했다. 그럴 때마다 사정없이 고문이 가해졌다. 싸리 회초리와 대껍질 회초리로 매질을 당했고, 코로 물을 부어 대는 고춧가루물 고문을 당했고, 구둣발로 정강 이를 수없이 차였고, 얼굴이 퉁퉁 붓도록 따귀를 맞았다.

남편이 조직해 놓은 단체를 대라고 했다. 남편과 내통하고 있는 자들을 대라고 했다. 안 씨는 어느 것 하나 아는 것이 없었다. 그 러나 경찰은 믿어 주지 않았다.

신세호도 안 씨와 똑같은 추궁을 당했다. 그러나 신세호 역시 실토할 것이 없었다. 며칠째 이어진 혹독한 고문으로 그 역시 초 주검이 되어 있었다.

"어이, 자네 안사돈 말이 서로 사돈 맺을 적에 송수익이허고 합 의했다면서?"

형사가 그저 지나치는 말처럼 물었다.

"예에……"

몸을 제대로 가누지 못하는 신세호의 대답은 들릴락 말락 했다.

"그놈이 누구여! 니놈허고 송수익이 놈 사이를 왔다 갔다 헌 놈이 누구냐고!"

형사가 책상을 내리치며 소리를 질렀다.

신세호는 정신이 번쩍 들었다. 꼼짝없이 유도 심문에 걸려든 것이었다.

'스님, 이 못난 것이……'

신세호는 신음을 씹었다. 그러면서, 자신이 이름을 대더라도 공허 스님은 잡히지 않으리라는 것을 믿었다.

"공허 스님이라고……."

"뭣이여? 공허 스님? 아니, 중놈이면 그것이……."

신세호는 더욱 궁지에 몰렸다. 그동안 경찰에서 잡지 못한 그 승려와 연결된 것이니 경찰의 의심은 더욱 커질 수밖에 없었다.

"……지가 헌 일은 조선통사라는 책을 한 번 필사혀 준 것뿐이구만요. 스님은…… 밤에만 왔다가 훌쩍 뜨고 혔응게 어디서 오는지 어디로 가는지 통 모르는구만요."

이 사실까지 실토한 신세호는 기절하고 말았다.

"우리 아부지가 살아 계신다고라! 거기가 만주 어디요?"

송수익의 작은아들 가원이가 부르짖듯 외쳤다. 그의 얼굴에 놀라움과 반가움이 엇갈렸다.

"이놈 보소. 만주 어디면 어쩔겨?"

형사가 어이없어했다.

"어쩌기는 어째라. 찾어가야지라."

송중원과 달리 어글어글한 생김에 건장한 몸집인 가원이의 태도는 당당하기만 했다.

"이놈아, 느그 애비는 불령선인인디도 찾어가!"

"그것이야 일본 사람들이 볼 때 그렇고 나헌티야 하나뿐인 아부지요."

"하 이놈, 똑똑헌 것인지 팔푼이인지 모르겄네."

이렇게 되어 송가원은 따귀 서너 대 맞고 이튿날 바로 풀려났다.

지하실에 갇힌 송중원은 얼이 거의 다 빠져 있었다. 속반바지만 입혀진 그의 온몸은 청보랏빛 칠을 해 놓은 것처럼 피멍으로 뒤덮인 채 퉁퉁 부어 있었다. 그는 몽둥이질에, 고춧가루물 고문에, 전기 고문에 잠 안 재우는 고문까지 겹쳐 당하고 있었다.

"이 새끼, 눈 떠! 빨리 한 놈만 대. 그럼 당장 재워 준단 말야."

세 줄기 싸리 회초리가 송중원의 피멍 든 목을 후려쳤다.

"아니오, 나…… 나 혼자……"

송중원의 입에서 간신히 흘러나온 쉰 소리였다.

"이 미련한 놈아, 비밀을 지켜 주겠다잖아. 어서 한 놈만 대고 자라니까."

형사는 싸리 회초리로 송중원의 볼을 때리며 소리쳤다.

송중원의 혼탁한 의식 속에서 허탁의 얼굴이 커졌다 작아졌다 가까워졌다 멀어졌다 하고 있었다.

'안 돼, 안 돼, 안 돼…… 아부지, 아부지, 아부지……'

송중원은 허탁의 얼굴을 떠밀어 내며 아버지를 붙들려고 안간힘 했다.

"아니, 이 새끼 눈 떠!"

형사가 또 회초리로 목줄기를 갈겼다. 송중원의 몸이 기우뚱하더니 시멘트 바닥으로 나뒹굴었다. 몸이 완전히 퍼져 버린 송중원은 죽은 것 같았다.

"이 새끼 또 기절이야. 보기보다 독종일세."

형사는 양동이의 물을 송중원의 머리에다 퍼부었다.

"이 새끼, 너 안 불면 여기서 죽어 나가. 여기서 죽어 나간 놈들이 한둘인 줄 아냐? 일어나 어서!"

형사가 송중원의 손가락을 짓밟았다.

송중원은 부들부들 떨며 몸을 일으켰다. 그는 속으로 또 아버지를 불렀다. 도와 달라는 뜻이 아니었다. 스스로에게 아버지를 생각하라는 일깨움이었다. 굴복하고 만다면 어찌 아버지의 아들이라 할 수 있는가?

송중원은 하루를 더 고문당해 1주일을 채우고서야 지하실을 벗어나 유치장에 갇혔다. 가누지 못하는 몸으로 깊은 잠에 빠져들며 그는 비로소 웃고 있었다. 그러나 상처와 피멍으로 팅팅 부어오른 그의 얼굴은 웃는지 우는지 분간이 되지 않았다.

23

아리랑

단성사 앞은 몰려든 사람들로 수라장이었다. 활동사진 상영을 열흘이나 연장했는데도 날마다 북새통이었다. 단성사에 높이 나붙은 활동사진의 간판은 〈아리랑〉이었다.

허탁과 박정애 일행은 체면이고 염치고 없이 앞으로만 밀고 나갔다. 가까스로 매표구 앞에 다다른 허탁은 미리 준비한 1원 20전을 작은 구멍으로 디밀었다.

"넉 장이오."

"허탁 씨, 돈 여기 있어요!"

박정애가 사람들 속에 파묻힌 채 저만치에서 외쳤다.

허탁은 들은 척도 않고 표를 받아서 돌아섰다.

"어머, 뭐예요. 제가 초대했잖아요."

일행을 기다리고 있는 허탁 가까이 온 박정애가 뾰로통하게 말했다.

극장 안은 이미 빈자리가 없었다. 사람들은 왁자지껄 소란을 피워 가며 통로까지 다 채웠다.

뺌빠라 뺌 뺌빠…….

무대 아래서 악대 소리가 울리면서 전등이 꺼지고 한 줄기 불빛이 무대로 뻗쳤다. 화면에 '아리랑 아리랑 아라리오'라는 글씨가 나오면서 악사석에서 여가수가 노래를 부르기 시작했다.

아리랑 아리랑 아라리오
아리랑 고개로 넘어간다
나를 버리고 가시는 님은
십 리도 못 가서 발병난다

노래가 끝나면서 변사의 해설이 시작되었다.

"……평화를 노래하던 백성들의 오랜 세월 쌓이고 쌓인 슬픔의 시를 읊으려 합니다. ……서울에서 철학 공부를 하다가 3·1운동의 충격으로 미쳐 버렸다는 김영진이라는 청년은……."

미치광이 김영진은 낫을 휘두르며 오기호를 쫓아간다. 오기호는 이 마을의 악덕 지주네 머슴이면서 일본 경찰의 앞잡이다. 온 마을 사람들이 눈엣가시로 미워하는 오기호를 미치광이인 김영진도 증오한다. 김영진은 일본 경찰을 마주쳐도 곧 찔러 죽일 듯이 낫을 휘두른다.

김영진은 영희라는 여동생을 무척이나 아낀다. 어느 날 서울에서 김영진의 대학 동창생 윤현구가 찾아온다. 그러나 김영진은 윤현구를 알아보지 못하고, 영희가 오빠 대신 그를 맞이한다. 영희와 윤현구는 김영진의 앞날을 함께 걱정하다가 사랑이 싹튼다.

마을에 풍년 농악제가 열린 날, 또 무언가를 염탐하려는 듯 이 집 저 집 기웃거리던 머슴 오기호가 혼자 집안일을 하고 있는 영희를 발견하고는 덤벼든다. 두 사람 사이에 실랑이가 벌어지고, 영희가 위기에 몰릴 즈음 윤현구가 집으로 돌아온다. 윤현구와 오기호는 격투를 벌인다. 김영진은 두 남자의 격투를 보면서도 그저 히죽히죽 웃기만 한다.

그러다가 김영진은 문득 환상을 본다. 사막에 쓰러진 한 쌍의 연인이 지나가는 상인에게 물을 달라고 애원한다. 그런데 상인은 물 대신 여자를 끌어안는다. 그 순간 김영진이 낫을 번쩍 들어 후려친다. 상인은 사라지고 김영진의 낫에 찔려 쓰러진 사람은 오기호였다. 이때 김영진은 오기호가 흘린 피를 본 충격으로 맑은 정신을 되찾는다. 그 자리에 김영진의 아버지, 교장, 지주, 그리고 일본 경찰과 마을 사람들이 모여든다. 김영진의 손에 포승이 묶여진다. 김영진은 자기를 바라보며 우는 마을 사람들에게 말한다.

"여러분, 울지 마십시오. 이 몸은 삼천리강산에 태어났기에 미쳤고, 사람을 죽였습니다. 지금 이곳을 떠나는, 떠나려는 이 영진은 죽음의 길을 가는 것이 아니라 갱생의 길을 가는 것이오니 여러분 눈물을 거두어 주십시오……."

김영진이 일본 경찰에게 끌려가면서 악대가 연주하는 〈아리랑〉 선율이 흐르기 시작한다.

그 연주에 맞추어 앞쪽에서 〈아리랑〉를 부르기 시작했고, 물결치듯 뒤로 뒤로 번져 나갔다. 마침내 모든 사람이 합창의 물결에 휩쓸렸다.

합창이 막 끝났을 때였다.

"대한 독립 만세에!"

화답하듯 여기저기서 터진 외침이었다.

호루라기 소리가 날카롭게 울렸다. 극장 안이 금방 싸늘해졌다. 만세 소리는 더 울리지 않았다.

극장을 나오는 사람들의 얼굴은 하나같이 침울하고도 숙연했다. 기마경찰들이 니뽄도를 빼 들고 살벌한 기세로 줄지어 서 있었다.

허탁 일행은 묵묵히 종각 쪽으로 걸었다. 박정애와 김정하의 눈

자위에는 운 흔적이 그대로 남아 있었다.

"어디 가서 차나 한잔합시다."

파고다공원 앞에 이르러 허탁이 말을 꺼냈다.

그들은 길 건너 카페로 들어갔다.

"활동사진이란 게 그 많은 사람들 가슴을 흔들어 놓고, 마음을 한 덩어리로 뭉치게 하다니. 참 대단한 힘이야."

허탁이 중얼거리듯이 말했다.

"동감이네. 이 살벌한 세상에서 어떻게 그런 활동사진을 만들어 낼 생각을 했는지 원. 젊던데 몇 살인지 몰라."

홍명준은 고개를 갸웃거렸다.

"얘 정하야, 이런 때 실력 발휘를 해 봐."

박정애가 커피를 마시려다 말고 김정하에게 눈짓하고는, "정하가 가사과 출신이지만 사실은 배우 지망생이에요. 나운규에 관해서는 박사니까 알고 싶은 건 다 물어보세요."라며 허탁에게 눈길을 보냈다.

"그분은 올해 스물네 살이고, 북간도 명동중학을 다니시다 왜놈들이 학교를 폐교하자 독립군 단체에 들어가 독립 투쟁을 하시다가 청회선 터널 폭파 미수 사건 용의자로 체포되어 1년 6개월 동안 감옥살이를 하셨습니다. 출감하신 뒤에는 부산에 있는 조선키네마주식회사에 들어가 연구생이 되셨습니다. 그 뒤에 조선

키네마가 제작한 운영전에 단역인 가마꾼으로 첫 출연해 연기력을 인정받으시고, 심청전에서 주역인 심봉사 역을 맡아 큰 배우로 인정받으셨습니다. 그리고 이듬해 조선키네마의 농중조에 출연하시면서 마침내 명배우가 되셨습니다. 허나 그분은 배우로 만족하지 않으시고 직접 활동사진을 만들기로 결심하셨습니다. 그래서 각본을 직접 쓰고 감독과 주연을 직접 맡아 만드신 영화가 바로 아리랑입니다. 그러니까 아리랑은 그분이 작가로, 감독으로 데뷔하신 첫 작품입니다."

김정하는 막힘없이 이야기를 해 나갔다.

"나운규에 관해선 박사시군요. 헌데, 무척 존경하는 모양이지요?"

홍명준은 김정하가 말끝마다 높임말을 붙인 것을 생각하며 물었다.

"존경이 뭐예요? 우상이지요."

박정애가 톡 쏘았다.

"배우 지망생은 나운규를 우상으로 삼고 있으면 제대로 된 건데, 성악가 지망생은 이태리 유학이니 뭐니 어설프게 헛바람 잡지 말고 아까 그 여가수처럼 우리 노래나 잘 부르는 게 어떻겠소?"

"말조심하세요! 그런 홍명준 씨는 뭐죠? 왜놈들 주구로 독립운동가들 물어뜯자는 것 아닌가요? 그 잘난 양반들이 나라 팔아먹은 것도 모자라서 이제 양반 자제께서는 왜놈들 법 달달 외워 판검사라는 똥개 노릇에 나설 참인데, 정 할 짓이 없으면 아편이나 피우는 게 어떠시올지?"

홍명준이 박정애에게 말을 튕기자 박정애가 거침없이 쏘아붙였다.

"그래요?"

홍명준은 피식 웃고는, "난 판검사가 되려는 게 아니고 변호사가 되려는 것이오. 더구나 오늘 활동사진을 보고 느낀 게 많으니까 하루빨리 변호사가 되도록 해야겠소. 이래도 아편이나 피우리까?" 하고 박정애를 빤히 보았다.

"흥, 잘났군요. 난 악착같이 이태리 유학을 갈 거예요."

박정애는 오기를 부렸다. 그러나 머릿속에는 아까 들은 〈아리랑〉 노랫소리가 쟁쟁하게 울리고 있었다.

"어디 가서 저녁이나 하실까요? 아까 표를 제가 못 샀으니까요."

박정애가 허탁에게 말을 건넸다.

"아닙니다, 우린 약속이 있어서 가 봐야 합니다."

홍명준이 재빨리 대답을 가로챘다. 그는 박정애가 뒤넘스럽게 구는 꼴을 더 보고 싶지 않았던 것이다.

"정말이세요?"

박정애가 허탁에게 다그치듯 물었다.

"송 형 집안일로 만날 사람이 있소."

허탁은 엉겁결에 꾸며 말했다.

"우리도 가면 안 되나요?"

"나중에 또 만납시다."

허탁의 거절에 박정애는 불쾌한 표정을 감추지 않았다.

그들은 곧 카페를 나와서 헤어졌다.

"자네 어쩌자고 박정애한테 그리 관대한가? 자네가 그러니까 꼭 자네 애인인 양 굴지 않나. 자넨 사람을 너무 안 가리는 게 탈이야."

홍명준이 낙원동 쪽으로 걸어가며 기분 나빠했다.

"이 사람아, 내가 탈이 아니라 자네가 탈이야. 사람 차별하는 그 버릇 좀 없애. 박정애가 겉멋이 좀 들긴 했어도 본심은 순박하고 정이 많네. 이번에도 박정애가 아니면 누가 송중원이 면회를 그렇게 열성을 다녔겠나?"

"아무튼 중인 딸년들 일본 물 먹고 신여성이라고 꺼들대는 꼴 비위 틀려 못 봐 주겠어."

"그게 시대에 안 맞는 고리타분한 양반 의식이네. 지금은 임금이 나라를 다스리는 시대가 아니잖나. 변호사 노릇 제대로 하려면 그놈의 차별 의식부터 버리게."

"글쎄, 모르겠네. 오랜만인데 술이나 한잔하세."

"그러지. 여기 탑골에 걸음한 지도 참 오랜만이군."

"빌어먹을, 탑골이라는 말을 들으니까 기분이 이상하네. 왜놈들은 왜 동네 이름까지 제멋대로 바꾸나 그래. 낙원동이 뭐야, 낙원동이."

"흐흐흐…… 그런 말 말게. 총독님 치하가 좀 좋은 낙원인가?"

허탁의 흐흐거리는 웃음소리가 저녁 바람 속으로 흩어졌다.

홍명준이 앞장서는 대로 허탁은 술집으로 따라 들어갔다. 그들은 아담한 한옥의 끝 방에 자리를 잡았다. 술 마시며 이야기 나누기는 안성맞춤이었지만 술값에 좀 신경이 쓰였다.

"이제 자넨 위험을 완전히 벗어났나?"

자리를 잡고 앉으며 홍명준이 물었다.

"1차 위기는 모면했는데, 아직도 송중원이 면회도 못 갈 형편이니 원."

허탁이 씁쓰름하게 웃었다.

"6·10만세운동을 어찌 생각하나? 그게 미리 탄로 나지 않고 성공했더라도 3·1운동처럼 거족적으로 일어나지 못할 바에야 무슨 효과가 있겠나? 3·1운동도 결국은 무수한 희생만 치르고 실패했는데."

"독립을 이루었느냐 하는 것으로 따진다면 3·1운동은 분명 실패지. 그러나 그렇게 단순하게만 보아서는 곤란해. 3·1운동의 가장 큰 성과는 우리 민족 전체에게 일본과 투쟁해야 한다는 것을 일깨웠고, 또한 우리가 뭉치면 얼마나 큰 힘을 낼 수 있는지를 확인했다는 점이네. 그리고 3·1운동을 계기로 국외의 독립 투쟁이 얼마나 치열해졌나? 그런 의미에서 6·10만세운동도 손실만 있었던 건 아닐세."

"술상 들여갑니다아."

밖에서 들려오는 소리였다.

술상이 들어오는 동안 허탁은 자꾸 떠오르는 송중원의 모습을 지우려 애썼다.

한 여자가 들어와 걸게 차린 술상 옆에 앉았다. 허탁은 얼굴을 찌푸리며 홍명준에게 눈총을 쏘았다.

"걱정 말게. 이 사람도 3·1운동 때 만세를 부르다가 반년 옥고를 치른 절개 푸르른 투사일세. 우리보다 나은 경력을 지녔으니까 자네도 알고 지내는 게 나을걸."

홍명준이 비죽비죽 웃었다.

"앉으시지요. 퇴기 설죽이옵니다."

여자가 상긋 웃으며 허탁을 올려다보았다. 서른대여섯 살쯤 되었을까? 여자의 흰 얼굴에는 완숙미가 어려 있었다.

"예, 허탁이라고 합니다."

허탁은 그 경력에 인상까지 마음에 들어 빙긋 웃었다.

"아이구, 말씀 낮추시지요."

설죽이 고개를 살짝 숙이며 잔잔하게 웃었다.

"저 친구는 인간 차별을 없애려는 막스 보이일세."

홍명중의 말에 허탁은 소스라치게 놀랐다. '막스 보이'란 공산주의자를 가리키는 유행어였다.

"그리 놀라지 않으셔도 됩니다. 저도 책 몇 권은 읽어 보았으니까요."

설죽이 허탁을 바라보며 웃었다.

그때서야 허탁은 홍명준이 왜 이 술집으로 들어왔는지 알아챘다.

"첫 잔은 제가 따를 테니 그다음부턴 두 분께서 편히 드십시오."

설죽은 앉음새를 고치며 꽃무늬 고운 사기 주전자를 들었다.

설죽이 나가고 나자 허탁은 술잔을 들었다.

"많이 들게. 피해 다니느라고 술맛이나 봤겠어?"

홍명준이 술잔을 비웠다.

"자네 이름을 불어 버린 그자는 풀려났나? 무슨 그런 인간이다 있어?"

"고문을 못 이긴 거겠지."

"송중원이는 끝까지 버텨서 아무한테도 피해를 안 입히지 않았나? 혹시 그자는 얼치기 막스 보이 아냐?"

"그럴 수도 있지."

허탁은 연거푸 술잔을 비우며 말을 아꼈다.

"난 밖에서 바라보는 입장이지만, 이번에도 공산당 간부가 135명이나 구속되지 않았나? 그게 다 얼치기 막스 보이들 때문 아니겠나?"

얼치기 막스 보이란 공산주의 사상이 유행하는 풍조에 편승해 사회주의자나 공산주의자 냄새를 풍기는 사람들을 일컫는 말이었다.

"글쎄, 그게 다는 아니고 또 다른 이유가 있겠지."

"그게 뭔가?"

"조직 관리가 철저하지 못한 점하고, 아직 조직원들이 강하게 단련되지 못했기 때문지지. 그리고 왜놈들의 고문은 살인적으로 혹독하고."

허탁이 침울하게 말했다.

"그렇게 많이들 잡혀 들어갔으니 공산당은 재건하자마자 또 무너진 것 아닌가?"

"그런 셈이지."

"실패한 6·10 만세가 공산당까지 잡아먹었군."

허탁은 묵묵히 술잔을 기울였다.

조선공산당은 1월에 2차로 조직되었다. 재건된 공산당에서는

146

순종의 국장일인 6월 10일에 대규모 만세 운동을 일으킬 계획을 세웠다. 고종의 국장일을 택한 3·1운동과 똑같은 방법이었다. 그런데 천도교 회관에 감추어 둔 인쇄 격문을 호기심에 찬 여직원이 두 장 빼내 집으로 가져갔다. 그걸 돌려 보는 과정에서 경찰 끄나풀의 손에 들어가고 말았다. 결국 6·10 만세는 서울 시내에서 청년 학생들이 독립 만세를 외치는 작은 집회로 끝날 수밖에 없었다. 허탁은 학생 조직을 이끌고 있다가 체포 위험이 닥치자 황급히 피신했던 것이다.

"공산당은 이 일로 끝난 것 아닌가?"

"그런 소리 말게. 또 재건되네."

허탁의 목소리는 단호했다.

"1년 6개월이면 송중원이 얼굴 볼 날도 아직 멀었군."

홍명준이 말머리를 돌렸다.

"그게 문제가 아닐세. 박정애 말로는 건강이 아주 형편없다더군."

허탁이 짙은 한숨을 토했다.

"나도 당장 면회를 가 봐야 되겠군. 헌데, 그 사람이 부친에 대해선 자네한테도 한마디 없었던가?"

"음, 나도 전혀 몰랐어."

"그 집안도 편치 못할 것 아닌가?"

"말해 뭐하겠나? 모친에 장인어른까지 고초가 이만저만이 아니었다네."

"실형 받았나?"

"아니, 송수익 선생이 살아 있다는 걸 숨긴 것 말고는 다른 혐의가 없어서 무죄로 풀려났네. 허나 두 분 다 고문으로 몸을 상해 움직이질 못하시네. 특히 중원이 모친은 왼쪽 팔다리가 마비되는 큰 병을 얻으셨네."

"저런 놈의 일이 있나! 송중원이는 그 소식을 아나?"

"아니, 알리지 못하게 했네."

"잘했네. 알면 병이니까. 그렇게 집안이 쑥밭이 됐으니……."

홍명준이 방문을 열고 술을 더 시켰다.

"잔 받게. 무슨 생각을 하나?"

홍명준이 잔을 내밀었다.

벽에 등을 기댄 채 눈길을 위쪽으로 보내고 있던 허탁이 더디게 앉음새를 고치며 술잔을 받았다.

"무슨 생각 하느냐고? 아리랑을 생각하고 있었지. 아리랑, 그 마지막 장면을 생각하고 있었어. 그리고 관중들의 합창을 생각하고 있었어. 아리랑에서 팔이 묶여 끌려가던 그 사나이가 누군지 아나? 주인공 김영진? 아니야, 그건 바로 송중원이야. 송중원이고, 또 다른 송중원이고, 또 다른 송중원이고……. 그리고 그 열렬한

관중들의 합창은 수많은 송중원에게 보내는 지지이고 기대이고 열망이야. 활동사진에 그 많은 사람들이 몰려들고, 노래가 그렇게 퍼져 나가는 건 바로 조선 사람들이 독립의 염원을 뜨겁게 품고 있다는 증거 아닌가? 평소에는 다만 드러내지 않을 뿐이야. 그 뜨거운 염원이 있는 한 송중원은 외롭지 않고, 고통스럽지 않고, 좌절하지 않고, 끝없는 용기를 발휘하게 될 거야. 어때, 내 말이."

"드디어 술이 제값을 하는군. 허탁다워."

허탁은 술을 단숨에 비우고 잔을 내밀었다.

"그나저나 자넨 앞으로 어떻게 할 작정인가?"

"글쎄……. 중국으로 갈까 생각하고 있네."

그의 목소리는 얼굴만큼 무거웠다.

"중국이라니? 여기선 견디기 어렵겠나?"

"그런 게 아니고…… 중국공산당을 돕는 지원대가 구성되고 있어서."

"그게 무슨 소린가? 우리 발등에 떨어진 불 끄려면 중국의 지원을 받아도 시원찮을 판에 이쪽에서 중국을 돕다니?"

홍명준은 어이없다는 표정이었다

"국제 공산주의 정신에 따라 우리가 중국공산당을 먼저 돕고, 중국 혁명이 이루어지면 그때 우리도 도움을 받자는 거지. 지금 중국은 봉건군벌·국민당·공산당으로 갈라져 있고, 국민당과 공산당은 군벌들을 타도하기 위해 서로 힘을 합쳐 '국공합작'을 이루었네. 그런데 중국공산당은 군벌들을 타도하는 싸움을 전개하면서 동시에 공산혁명을 추진할 계획을 세우고 있네. 그러자면 국제적인 협조가 필요하지. 우리가 중국공산당을 도와 중국 대륙에서 공산주의 혁명이 이루어지면 어떻게 되겠는가? 그 어마어마한 힘으로 우리의 독립을 돕는다고 생각해 보게. 이해가 되나?"

"음, 그럴 법하긴 한데…… 허나 중국에서 혁명이 이루어질까?"

"러시아를 보게."

허탁의 말은 신념에 차 있었다.

두 사람은 밤이 깊어 술집을 나섰다. 그들은 비틀거리며 서로 어깨동무를 했다. 큰길로 나서면서 누가 노래를 시작했다.

아리랑 아리랑 아라리요
아리랑 고개로 넘어간다

두 사람의 목소리는 곧 합쳐졌다. 그들의 합창은 밤거리를 울리고 있었다.

24

한곳으로 모아지는 힘

"이놈아, 시방 정신이 있냐 없냐? 위에서 못 허게 허는 공산주의에 물든 것도 죄인디 집까지 떠난다고? 엄니도 없는 집구석에 동생들만 오르르 남은 것이 안 뵈냐?"

천수동의 늙은 얼굴에 노기가 드러났다. 그는 밀정 놈 손에 아내 솜리댁을 잃은 뒤로 눈에 띄게 늙어 가고 있었다.

"아부지도 참, 공산주의도 나라 찾자는 것인디 죄는 무슨 죄당게라? 그리고 지야 진작에 총 들고 독립군 되았는디 집안일에 나설 수야 있간디라?"

독립군복을 단정하게 입고 앉아 있는 천상길은 차분하면서도 또렷한 목소리로 말했다.

"니 애비 앞에서 따곡따곡 말대답 헐라냐? 이 애비 무식허다고 깔보능겨? 잔말 말고 딱 잘라서 대답혀. 갈 것이여, 안 갈 것이여?"

"……백번 생각혀도 그것이 옳은 길잉게 가야 쓰겄구만요."

"니 안 되겄다, 가자, 송 선생님헌티!"

천수동은 아들의 팔을 잡으며 일어섰다. 천상길은 차라리 잘됐다고 생각했다. 송수익 선생은 자신의 생각을 충분히 이해할 분이었다.

천상길의 말을 다 듣고도 송수익은 한참 동안 말이 없었다. 그러다가 천천히 눈을 들어 천상길을 바라보았다.

"그래, 어디로 가나?"

"예, 광동이구만요."

"중국이 혁명되리라고 믿나?"

"예에……."

"어째서?"

"군벌들은 죄다 부패혀서 백성들을 착취허고, 중국 백성들은 새 세상이 오기를 바라고 있구만요."

"여기 만주의 독립운동 단체에서는 공산주의를 인정하지 않는데 앞으로 어찌하려나?"

"……여기 간부들이 생각을 바꿔 공산주의허고 손을 잡어야 헐 것이구만요."

"그것이 안 되면?"

"우리를 배척헌다면 어쩔 수 없이 따로……."

"몇이나 함께 떠나나?"

"한 삼사백 명……."

"그래, 떠나게."

"아니, 서, 선생님……."

천수동이 놀라서 엉덩방아를 찧었다.

"가서 몸조심하고. 오늘 일은 없었던 걸로 해 두게."

"예, 뜨기 전에 또 뵙겄구만요."

천상길은 공손히 인사하고 밖으로 나갔다.

"아니 선생님, 말리시라고 데리고 왔등마……."

천수동은 멀거니 송수익을 바라보았다.

"무작정 막는다고 될 일이 아니오. 세상이 또 한고비 변하고 있소."

송수익은 그저 담담했다.

며칠 뒤, 송수익은 회의를 소집했다. 지삼출을 비롯해서 예닐곱 사람이 둘러앉았다.

"몇 달 전부터 찾던 땅을 길림 가까이에 구했소."

송수익은 말을 끊고 사람들을 둘러보았다.

"땅은 60만 평이 넘으니 그만하면 됐고, 시기가 한두 달 빨랐더라면 아주 좋았을 텐데, 추위가 시작되었으니 어찌하면 좋을지 의논해 봅시다."

송수익은 사무적으로 말을 했다. 모인 사람들은 더는 총을 들고 나서기 어려울 만큼 나이를 먹은 처지라 새로운 일을 꾸리기로 합의했던 것이다.

"겨울이 닥치는디 무슨 일을 허겄어?"

양승일이 뚱하니 말했다.

"총 드는 일이라면 얼음장 타고 압록강 넘나들기 딱 좋은 시절이지만 농사일이라 논께 헐 일이 있을랑고?"

겨울철이면 맹렬히 활동하던 지난날을 회상하듯 김판술이 고개를 끄덕였다.

"어허, 농사야 내년 봄부터 짓는다 혀도 비바람 막을 잠자리는 어쩔 셈인디?"

강기주가 집 짓는 문제를 들고 나왔다.

"그려, 당장 집부터 얽어야 쓰겄구마. 식구들이야 여기서 겨울을 나고 오더라도."

천수동이 말을 받았다.

"그 말 옳구마. 저, 그리혀야 안 되겠능게라우?"

지삼출이 송수익에게 눈길을 돌렸다.

"그게 좋기는 한데 날이 추워지기 시작하니……"

송수익이 옹색스럽게 말끝을 흐렸다.

"그것이야 총 들고 싸우던 것에 비허면 신선놀음이제라. 불 피워 놓고 일허면 아무 걱정 없구만요."

지삼출이 다른 말들을 막으려는 듯 힘주어 말했다.

"그럼 얼른 시작혀야 쓰겄구마."

김판술이 말을 거들고 나섰다.

"하면, 낼이라도 당장 떠야제."

강기주가 결정 내리듯 말했다. 다른 사람들도 다 고개를 끄덕였다.

"그럼 내일 하루 채비해서 모레 떠나도록 합시다."

송수익이 마지막으로 결론을 내렸다.

지삼출 일행이 떠나는 날 아침, 수국이가 짐을 챙겨 들고 따라나섰다. 남자들도 그렇고 여자들도 다 놀랐다. 미리 그런 낌새를 보이지 않았던 것이다.

"거기는 집도 절도 없고 여자가 살 만헌 데가 아니여."

김판술이 혀를 찼다.

"아재……!"

수국이가 지삼출을 부르며 고개를 돌렸다.

지삼출을 바라보는 수국이의 눈에 두려움과 애원이 엇갈렸다.

지삼출은 수국이의 마음을 알아차렸다. 남자들이 몇 남지 않은 마을에 있기를 무서워하는 것이었다. 지삼출은 아내의 말을 떠올렸다. 밀정을 죽이고 도망친 일을 겪은 다음부터 수국이는 치마 속에 칼을 차고 다닌다고 했다. 그리고 잠꼬대하지 않는 밤이 드물고, 빨간색만 보면 진저리를 친다고 했다.

"그려, 함께 가자."

지삼출은 고개를 끄덕였다.

그런 수국이를 송수익은 안쓰러운 얼굴로 바라보고 있었다.

윤선숙은 조강섭의 편지를 다시 읽었다. 어서 혼인해 행복한 가정을 꾸미자는 내용이었다. 함께 아이들을 가르치는 부부 교사로 일하면 얼마나 보람되고 행복하겠느냐는 것이었다.

윤선숙은 조강섭을 떠올려 보았다. 그런데 그의 얼굴에 이광민의 얼굴이 겹쳐 떠올랐다. 윤선숙은 자기도 모르게 편지를 구겨 버리다가 깜짝 놀랐다.

'내가 왜 이럴까? 강섭이 오빠한테 이래서는 안 되는데……'

철훈이 오빠의 절친한 동무인 조강섭을 오빠라고 부른 것은 오래전이었다. 조강섭도 누이동생을 대하듯 흉허물 없었다. 그런데 조강섭이 부상을 당해 하바로프스크의 소학교 선생으로 가면서 편지를 보내오기 시작했다. 사랑 냄새를 풍기는 그 편지가 싫지만은 않았다. 그런데 그즈음에 이광민을 만났다. 이광민이 마음을 차지하는 면적이 넓어지면서 조강섭에게 답장 보내는 일이 소홀해졌다. 그런 마음도 모르고 조강섭의 편지는 갈수록 열을 더해 이제 결혼을 하자는 데까지 이르러 있었다.

윤선숙은 짓구긴 편지를 떨어뜨리며 두 손으로 얼굴을 감쌌다. 조강섭의 편지를 구겨 버릴 만큼 이광민과 무슨 일이 이루어지고

있는 것도 아니었다. 아무리 마음을 내비쳐도 이광민은 언제나 저만치 떨어져 있었다. 그렇다고 싫다는 것도 아니었다. 이광민은 마음만 저만치 떨어져 있는 게 아니었다. 몸은 천 리 밖에 떨어져 있었다. 그는 철훈이 오빠와 함께 국경을 넘나들며 만주에서 공산당 운동을 하고 있었다. 3개월에 한 번쯤 와서는 며칠 머물다가 홀쩍 다시 떠나고는 했다.

윤선숙은 애인이 생겼으니 더 이상 그런 편지 보내지 말라는 편지를 조강섭에게 쓸까 말까 며칠을 망설였다. 그러나 차마 그런 편지를 쓸 수는 없었다. 혁명을 위한 빨치산 투쟁을 하다가 총을 맞은 그의 불구는 분명 영웅적이었다. 그런데도 왜 그것이 마음에 걸리는지 모를 일이었다.

그런데 그 고민을 이광민이 해결해 주었다. 이광민이가 만주에서 돌아오자 윤선숙은 그 일을 깨끗이 잊어버렸던 것이다. 그러나 이삼 일이 지나도 단둘이 만날 틈은 생기지 않았다. 윤철훈과 이광민은 다른 때보다도 훨씬 더 분주하게 돌아다녔고, 밤에도 늦게 돌아오고는 했다.

"오빠, 정말 그러기예요! 이광민 씨 좀 그만 끌고 다니세요."

윤선숙은 참다못해 윤철훈에게 정면으로 들이댔다.

"내가 끌고 다닌 적 없는데. 먼 길 떠날 준비로 서로 바빠서 그러는 거지."

"먼 길을 떠나요?"

윤선숙의 눈이 커졌다.

"응, 아직 말 안 했던가? 중국 광동으로 떠난다."

"중국 광동? 거기가 얼마나 멀어요?"

윤선숙은 눈을 빛내며 마른침을 삼켰다.

"아마 만 리는 될걸."

"어머 만 리요?"

윤선숙은 눈이 휘둥그레지며, "그 먼 데까지 뭘 하러 가지요?"
라고 묻는 목소리에는 날이 서 있었다.

"뭘 하긴. 산천유람 가겠냐?"

윤철훈은 퉁을 놓았다.

"조선 혁명 하러 간단 말이에요?"

윤선숙의 목소리가 더 날카로워졌다.

"혁명은 혁명인데 중국 혁명이다."

"아니, 중국 혁명에 왜 조선 사람들이 가요?"

"이런, 인텔리겐차(지식인)가 공산주의 국제연대도 모르시나?"

"그래서 또 싸우러 간다 그거예요?"

윤선숙의 목소리에 물기가 묻어났다.

"싸워야지, 조선이 해방될 때까지는."

"……"

윤선숙은 오빠를 멍하니 바라볼 뿐이었다.

"그러게 혁명가를 사랑하는 게 아니야. 혁명가들이 왜 스스로 사랑을 단념하는지 아나? 여자들은 평화로울 때 누릴 수 있는 모든 것을 원하기 때문이야."

윤철훈은 사촌 여동생을 안쓰러운 듯 바라보았다.

25

흉계와 유린

"그놈이 어쨌다는 거요?"

사찰과장 고마다는 빈 밥상 앞에 앉자마자 냉정하고 거만하게 내뱉었다.

"예, 제 말이 적중했습니다. 그놈 꼬리를 잡았어요, 꼬리."

이동만이 낮고 빠르게 말을 해치웠다.

"뭐요, 꼬리? 그게 뭐요?"

고마다가 몸을 앞으로 굽혔다.

"예, 그놈이 바로 공산주의잡니다."

이동만은 어떠냐는 듯 허리를 곧추세웠다.

"아니, 뭐라고?"

고마다는 소스라치게 놀랐다.

"예, 그것도 그 동네 소작인들로 짠 농우회 오야붕이구만요, 오야붕."

이동만은 엄지손가락을 세워 보였다.

"농우회 오야붕! 그걸 어떻게 알아냈소?"

고마다는 얼굴이 환해지며 또 몸을 굽혔다.

"세상에 이것 써서 안 될 일이 어디 있습니까?"

이동만은 손가락으로 동그라미를 그려 보이며 키들대고 웃었다.

"이 상이 나 때문에 돈까지 쓰고……, 그 은혜 잊지 않으리다."

"무슨 말씀을 그리……, 그게 다 세상 사는 정 아닙니까?"

이동만의 말은 자못 호남아처럼 흔쾌했다.

"그럼 어떻게 하면 좋겠소?"

"어떻게 하긴요. 처음 계획대로 그놈을 잡아넣고 그년을 불러내면 되지요."

"그 고집 센 년이 오빠가 잡혀 들어갔다고 말을 듣겠소?"

"아하, 아무 염려 마세요. 이번에 그놈 뒤를 캐면서 알아보았더니 남매간에 정이 이만저만 깊은 게 아니었어요. 아 글쎄, 그놈이 지닌 재산도 동생이 소리해서 벌어다 준 돈이더란 말입니다."

"그러면 됐소."

고마다는 만족스럽게 고개를 끄덕였다.

고마다는 이동만의 생일잔치에서 본 소리꾼 옥비를 탐내기 시작했다. 그는 자신의 속뜻을 이동만에게 털어놓았다. 이동만은 아무 걱정 말라며 큰소리를 치고는 곧 사람을 시켜 일을 시작했다. 그런데 뜻밖에도 퇴짜였다. 천한 소리꾼 주제에 50원이란 큰 돈을 거절해 버린 것이었다. 이동만은 아까운 것을 무릅쓰고 값을 올렸다. 하지만 또 퇴짜였다.

'에라, 큰 인심 썼다.'

이동만은 생각 끝에 200원을 던졌다. 또 퇴짜였다. 그리고 천만금을 준다 해도 소용없는 일이니 헛고생하지 말라는 말이 따라왔다.

"이거 사람 놀리는 거요, 뭐요!"

마침내 고마다가 전화통 속에서 고함을 질렀다. 어느덧 한 달이 넘어 있었다.

이동만은 한껏 오기를 부려 400원을 불렀다. 그런데 이번에는 퇴짜가 아니라 헛걸음이었다. 옥비가 지리산으로 소리 독공을 들어갔다는 것이었다.

그 순간, 이동만의 머리를 스치는 생각이 있었다.

'가만있자, 그 오빠란 놈을 미끼로 쓰면 어떨까……?'

이동만은 다음 날로 사람을 놓아 옥비 오빠의 흠집을 찾게 했다. 그러나 잡아넣을 만한 잘못을 찾기는 쉽지 않았다. 이동만은 동네 할멈에게 돈을 주고 샅샅이 감시하게 했다. 그렇게 해서 드디어 그놈이 소작인 모임의 우두머리라는 것을 알아낸 것이다.

"그놈을 언제 잡아들일까요?"

정종을 홀짝 마신 이동만이 물었다.

"언제긴 언제요, 오늘 당장이지."

고마다가 입꼬리 돌아가게 웃었다.

차득보가 잡혀가자 그의 아내 연희네는 젖먹이 딸 연희를 업고 어쩔 줄을 모르고 눈물만 닦아 냈다. 작달막한 몸집에 순하게 생긴 연희네는 홍 씨 집에서 일하던 처녀였다.

모여들었던 동네 사람들도 어스름이 내리면서 하나둘씩 돌아가고 이제 남은 사람은 아무도 없었다. 연희네는 어둑어둑해진 마당을 서성이며 훌쩍거리고 있었다. 그런데 할머니 하나가 조심스럽게 사립으로 들어섰다.

"연희 아범이 흉헌 꼴 당혔다면서?"

"아이고메 선돌이 할메, 어두운디 뭐헐라고 요리 오신당게라."

연희네는 눈물을 추스르며 그 할머니를 맞았다.

"이 사람아, 사람이 잡혀 들어가면 제까닥 뒷손을 써야 매타작덜 당허고 골병 안 드는 것이여. 눈물만 찔찔 짜지 말고 얼른 자네 시누헌티 알리소."

"시누……?"

"지리산 어디 있는지 모르능가?"

"천축사에 가면 아는디요. 근디 독공을 간 것인디……."

"아, 사람 목숨이 중혀 그깟 독공이 중혀? 당장 안 알리면 자네가 시누헌티 벼락 맞을 것이네. 그 남매 정이야 세상에 뜨르르헌디."

"야아, 지가 미처 그 생각을 못혔구만이라. 낼 아침에 당장 뜰랑마요."

"하면, 하면, 그래야제."

그 할머니는 고샅을 걸어가며 키득키득 웃었다. 그 늙은이는 이동만에게 돈을 받아먹은 할멈이었다.

사흘 만에 집에 온 옥녀는 곧바로 군산경찰서를 찾아갔다. 그러나 경찰서에서는 중죄인이라 조사할 게 많다면서 면회를 시켜주지 않았다.

옥녀는 날마다 경찰서를 찾아갔다. 나흘째 되는 날 오후에 마침내 면회가 되었다.

"아니 오빠, 어째 이리 되았소!"

얼굴이 반쪽이 된 오빠는 넋이 나가 있었다.

"오빠, 나 알아보겠소! 나 옥녀란 말이오, 옥녀!"

옥녀는 안타깝게 소리쳤다.

"그려…… 옥녀야…… 나 자고 싶다. 여태껏 한숨도…… 안 재

운다……. 나, 미쳐 불겄다…… 차라리 패고…… 패고, 재우면 살
겄다…….”

차득보가 기를 써 가며 한 말이었다.

“오빠, 오빠, 오빠…….”

옥녀는 솟구치는 서러움을 걷잡을 수 없어 오빠를 부르며 울음
을 터뜨렸다.

면회는 그것으로 끝났다. 옥녀는 어깨가 늘어진 채 경찰서를
나섰다. 어떡하든 오빠를 구해 내야 했다. 그런데 어떻게 구해야
할지 앞이 캄캄하기만 했다.

“아니, 이 색시가 누구랑가? 잉, 명창 옥비 아니라고!”

옥녀는 소스라쳤다. 눈앞에서 헤벌쭉 웃고 있는 거무튀튀한 얼
굴의 사내는 이동만의 심부름꾼이었다.

“오빠 때문에 왔구만그랴. 공산주의에 농우회 오야붕질헌 죄로
치안유지법에 걸린 것잉게 15년은 콩밥을 먹어야 헌다등마. 치안
유지법은 지독스런 법잉게로.”

사내가 지껄여 댄 말이었다.

‘15년……!’

옥녀는 머리가 핑 울렸다. 15년이면 오빠의 평생이었다.

“사찰과장 말 들어주면 우리 오빠를 풀어 줄랑게라?”

옥녀는 한달음에 말을 해치웠다.

"그야 나 겉은 놈이 어찌 알겠소. 이 주임님헌티 여쭤 봐야제. 어째, 여쭤 봐 드릴게라?"

옥녀는 떨군 고개를 끄덕였다.

"그럼 낼 아침에 여기서 다시 봅시다."

옥녀는 또 고개를 끄덕였다.

옥녀는 이동만이가 쳐놓은 그물에 완전히 걸려들고 말았다. 면회를 나흘 만에 시켜 준 것도, 그 사내를 경찰서 앞에서 만난 것도 다 이동만이 한 짓이었다. 다만 옥녀는 오빠를 구해 내야 한다는 생각에 휘말려 그런 눈치를 채지 못하고 있었다.

양복에 중절모자를 쓰고 콧수염까지 기른 건장한 남자가 포교당으로 들어섰다.

"스님 계시요오, 스님."

그 남자가 요사채 앞에서 발길을 멈추었다.

방문이 열리며 얼굴을 내밀던 승려가 깜짝 놀랐다.

"아니, 공, 공······."

그는 다름 아닌 공허였다. 가르마 탄 긴 머리에 기름까지 바른 그는 전혀 딴사람이었다.

"그 수염은 어찌 된 것이다요?"

젊은 승려가 킥 웃고는 장난스런 눈길로 공허를 쳐다보았다.

"어찌 되기는. 이 길로 아주 파계해 버릴라고 길렀다. 어떠냐, 잘 어울리지야?"

공허가 콧수염을 쓰다듬어 보였다.

젊은 승려는 얼굴을 돌리며 더 키들대고 웃었다.

"주지 스님이 스님 내놓은 지가 언제라고 또 파계허고 말고 그려라?"

"저놈 주둥이 놀리는 것 좀 보소. 주지 스님은 나를 땡초로 내놓은 것이 아니고 중생을 구제허라고 그리 대접허신 것이다."

공허는 느물느물하게 능청을 떨었다.

"야아, 알겠구만요."

젊은 승려도 능청스레 정색을 하고는, "시방 금강산에서 오시는 걸음잉게라?" 하고 궁금증을 나타냈다.

"이놈 운봉아, 금강산이 제아무리 풍광이 좋다 혀도 거기서 1년씩이나 처박혀 뭘 헐 것이냐?"

그 젊은 승려는 아기중이었던 운봉이었다.

"도림 스님은 만나셨능게라?"

"파계해 버렸더라."

"야아……?"

눈이 휘둥그레진 운봉이 공허를 멍하니 바라보았다.

"놀랄 것 없다. 공산주의자 돼서 중국으로 갔응게."

"중이 공산주의자가 돼라? 근디 중국에는 뭐헐라고 갔당가요?"

"이놈 똑똑헌 줄 알았등마 영 벽창호시. 중국 허면 독립운동 아니여."

"아이고, 도림 스님도!"

운봉은 반갑게 말을 하고는, "혼자 가셨능게라?" 하고 눈을 빛내며 관심을 보였다.

"대여섯이 함께 떴다더라."

"공산주의로 나섰으면 진짜 파곗디, 그 공산주의란 것이 부처님 말씀을 등질만치 윗길인게라?"

운봉의 얼굴에 진지한 의문이 차 있었다.

"내가 보기로는 별로 신통헌 것도 아니여. 부처님 말씀을 한마디로 허자면 '자비'이고, 동학이야 '인내천'이고, 야소교는 '박애' 아니겠냐? 근디 공산주의는 '혁명'이여. 이 말들이 서로 다르면서도 한 가지 같은 점이 있제. 사람 차별허는 것을 없애고 공평허게 살기 좋은 세상을 만들자는 것이제. 헌디 살기 좋은 세상을 만드는 방도가 다르단 말이여. 불교허고 야소교는 자비를 베풀고 박애를 실천허면 죽어서 극락 가고 천당 간다는 것이고, 동학허고 공산주의는 인내천 세상이나 혁명 세상을 가난허고 천대받는 사람들이 뭉쳐서 지금 이루자는 것이제. 불교허고 야소교 얘기는 막연허고 아리송헌디, 동학허고 공산주의 얘기는 확실허고 가능

170

헌 느낌을 주제. 그래서 동학은 농민들 힘으로 갑오년에 일어난 것이고, 공산주의는 노동자 농민들 힘으로 십여 년 전에 아라사에서 일어난 것 아니겠냐? 근디 이 땅에 공산주의가 기세를 떨치는 것은, 차별 없는 공평헌 세상을 만든다는 것에다가 세계의 공산주의 세력이 힘을 모아 약헌 민족을 독립시키겠다는 것 때문이여. 그것이 이 나라의 독립을 이루려는 젊은 사람들허고 궁합이 잘 맞아떨어진 것이고, 중놈 도림이까지 먹물옷을 벗게 만든 것이제. 불교허고 공산주의는 애초에 근본이 다르니 어떤 것이 더 윗길이라고 비교헐 수는 없는 것이다."

공허는 운봉에게 무술을 가르쳐 주던 그때의 마음으로 이야기를 엮어 나갔다. 운봉은 자신이 걷는 길을 따라 걷기를 바라는 제자 아닌 제자였다.

"야아, 근디 스님은 어째서 공산주의를 안 허시능게라?"

"내가 보기로는 동학보다 별로 나을 것도 없고, 이대로도 일하는 데 아무 불편이 없응게. 근디 내 생각이 옳았니라. 달포 전 한성에 신간회라는 단체가 생겼는디, 공산주의 단체들허고 독립운동 단체들이 하나로 뭉쳐 독립운동을 허기로 혔다."

"그럼 힘이 아주 커지겠구만이라."

운봉이 앉음새를 고치며 침을 삼켰다.

"그건 그렇고, 무슨 별다른 일은 없고?"

공허가 벽에 등을 기대며 두 다리를 쭉 뻗었다.

"쬐깨 고약헌 일이 벌어졌구만이라. 차득보가 잡혀 들어가고……."

"뭣이여! 이놈아, 그것은 쬐깨 고약헌 일이 아니고 큰 탈이여, 큰 탈. 그 연줄로 잡혀간 것이 누구여?"

공허의 몸이 팅겨지듯 곧바른 자세로 앉았다.

"유승현 선생님허고 몇 사람이……."

"어허, 참말로 신간회 일이 급헌 판에. 근디 어째서 꼬투리가 잡힌 것이여?"

"사방으로 알아봐도 잘 알 수가 없드만이라."

"……득보가 고문을 못 견뎠구나……."

공허가 일그러진 얼굴로 중얼거렸다. 공허는 유승현에게 죄스러웠다. 차득보를 유승현에게 소개한 사람이 바로 자신이었던 것이다.

공허는 중절모자를 집어 들고 일어섰다.

"어디 가실라고라?"

공허는 고개만 끄덕이며 방을 나섰고 운봉이 그 뒤를 따라 나왔다.

"안 씨 부인은 어찌 되시고?"

공허는 대문 앞에 이르러 송수익 아내의 안부를 물었다. 그는

1년 전쯤 안 씨와 신세호가 반쯤 죽은 채로 풀려난 것까지 확인하고는 더 버티기가 어려워 금강산으로 줄달음쳤던 것이다.

"중풍에다 정신도 온전치 못허시고…… 그리고 작은아들 가원이가 퇴학당했구만이라."

운봉은 빠르게 말했다.

"고것은 또 무슨 일이여?"

"작년 7월에 전주고보생들이 동맹휴학을 혀서 왜놈 교장을 몰아냈는디, 그 일을 주동헌 학생들 쉰넷이 퇴학을 당했구만요."

"그야 우환이 아니고 경사시."

공허는 불쑥 말하고는, "그럼 가원이는 뭘 허는 것이여?" 하고 묻는 얼굴에 그늘이 서렸다.

"집에서 공부허면서 모친 병 수발허고, 서울 성님 면회 댕기고……."

"그려……, 신 선생님은은?"

"서너 달 전부터 몸을 움직이시는구만요."

"잉, 다행이구만."

공허는 대문을 나섰다.

공허는 최유강을 찾아갔다. 그는 신간회의 취지를 설명하고 용지면에서 회원을 모아 달라고 부탁했다.

"그 취지가 참 좋은디, 스님도 아시듯이 지가 왜놈들 단체에 억지로 가입해 있는 것이 어떨지……."

최유강이 찻잔을 들었다.

"아무 상관 없구만요. 강제로 가입헌 것이고 그 단체가 활동이
없응게요."

"그러면 당연히 발 벗고 나서야지요."

최유강의 입언저리에 힘이 들어갔다.

26

피내림은 그렇게

손거울을 세워 놓고 빗질을 하는 보름이의 가슴은 그지없이 벅차고 뿌듯했다. 삼봉이가 보통학교를 졸업하고 마침내 고보에 입학하게 된 것이었다.

"삼봉아, 니도 인제 옷 갈아입거라."

보름이는 빗에 낀 머리카락을 훑어 내며 말했다.

"야아."

두 여동생과 배를 깔고 엎드려 있던 삼봉이가 얼른 대답했다. 그는 큰 여동생에게 글을 가르치고 있었고, 작은 여동생은 턱을 괴고 엎드려 구경을 하고 있었다.

"오빠가 다녀올 때까지 다 쓸 줄 알아야 허능겨."

삼봉이가 상체를 일으키며 말했다.

"잉……."

계집아이도 몸을 일으키며 고개를 끄덕였다.

보름이는 저고리의 옷고름을 매며 아들과 큰딸을 물끄러미 바라보았다. 서로 아버지가 다른 아이들……, 그 기구한 팔자가 또 마음에 파문을 일으켰다.

"엄니, 가시제라."

교복을 갈아입은 삼봉이가 모자를 쓰며 말했다.

"화아, 우리 삼봉이……!"

보름이는 두 손을 가슴에 포개며 나지막하게 탄성을 토했다. 열일곱 살 삼봉이의 키는 어머니보다 한결 컸다. 그런데 교복에 모자까지 쓰자 보름이의 눈에는 아들이 더 실하고 커 보였다.

"엄니는……, 뭘 그리 보시오."

삼봉이는 모자챙을 잡으며 쑥스럽게 웃었다.

그 순간 보름이의 눈앞에는 남편의 모습이 선하게 떠올랐다. 아들의 그 웃음은 영락없이 남편이었다.

"그려, 갈 길이 먼데 얼른 가자."

보름이는 아들의 등을 두들겼다. 그런 보름이의 눈 가장자리에는 실주름이 잡혀 있었고, 처녀 시절의 그 싱그러운 아름다움은 거의 다 사그라지고 없었다.

176

"금넘아, 금예 데리고 잘 놀고, 아짐씨 집에 가서 밥 먹어. 부르러 올 때까지 있지 말고."

보름이가 큰딸을 타일렀다.

"야아, 다녀오시게라우."

큰딸 금넘이는 평소와 다르게 높임말을 쓰며 인사했고, 작은딸 금예는 따라가고 싶어 울음이 가득 담긴 입을 씰룩거렸다.

아직 안개도 걷히지 않은 이른 아침이었다. 그런데도 보름이는 마음이 바빠 걸음을 서둘렀다.

"워메 세상에나, 우리 삼봉이 훤헌 인물에 군산 가시네들 가슴 다 녹아내리겄다."

마루에서 떡함지를 손질하던 오월이가 삼봉이를 바라보며 탄성을 질렀다.

"나 다녀올라네. 두 가시네헌티 밥때 늦지 말라고 일러 놨네."

보름이는 오월이의 탄성을 흘려듣는 듯 그저 담담하게 말했다.

"하이고, 요리 잘난 아들이 있으니 느그 엄니는 얼마나 좋겄냐?"

삼봉이를 바라보는 오월이의 얼굴에 부러움이 내비쳤다.

"음마, 하룻밤 새 하이칼라가 되야 부렀네. 요것 가다가 먹어."

부엌에서 나온 은실이가 삼봉이를 보고 놀라며 작은 보퉁이를 내밀었다.

"요것이 뭣이여?"

삼봉이가 그것을 받으며 물었다.

"이, 떡 쬐깨 쌌다. 그나저나 삼봉이 사위 삼는 사람은 얼마나 좋을거나."

오월이가 불쑥 내놓은 말이었다.

"아이고 참, 아줌니도……."

삼봉이가 쑥스러워하며 고개를 돌렸다.

"갈 길이 먼데 어여 가자. 판석이 아재헌티도 인사 가야 헝게."

보름이가 앞장섰다.

"언제 오능거?"

은실이가 물었다.

"이, 한 사날 걸리겄제."

삼봉이가 돌아서며 대답했다.

보름이는 앞서 사립을 나서며 은실이와 삼봉이가 그렇게 다정하게 이야기를 나누는 게 싫었다. 그러면서 그런 자신의 감정에 놀랐다. 은실이와 삼봉이가 오누이처럼 다정하게 지낸 것은 하루이틀의 일이 아니었다. 그런데 그게 싫은 까닭이 무엇일까? 오월이의 갑작스런 말 때문이었다. 오월이는 막연하게 말하는 척했지만 삼봉이를 사위 삼고 싶은 욕심을 드러낸 것이었다. 자신이 싫어한 것은 오월이의 그 욕심이라는 것을 보름이는 확인하고 있었다.

"아이고메, 요것이 누구다냐! 우리 삼봉이가 벌써 고보 학생이 되았구나."

밥을 짓던 부안댁이 부엌에서 뛰어나오며 반겼다.

"제대로 다녔다면 진작 고보를 졸업했을 나인디요."

보름이의 나지막한 대꾸였다. 세키야가 학교에 보내 주지 않았고, 떡 장사를 시작하고는 학교에 보낼 엄두도 낼 수가 없었다. 그 바람에 사오 년 늦어진 것이 보름이의 가슴에 안타까움으로 남아 있었다.

"에이, 열다섯 넘은 총각에다 상투 튼 애아범까지 보통학교에 수두룩헌 판인디, 삼봉이야 하나도 늦은 것이 아니여. 어째, 아재 볼라고?"

"야아, 인사드리고 다녀올라고……."

그때 헛기침을 하며 손판석이 방문을 열고 나왔다.

"그려, 무주에 성묘 간다면서?"

"야아, 삼봉이 개학허기 전에 다녀올라능마요."

"잘 생각혔구만. 시아부님도 남편도 기꺼워허실 것이여. 자네가 참 장허시."

손판석이 흐뭇한 얼굴로 보름이와 삼봉이를 번갈아 바라보며 고개를 끄덕였다.

"그럼 다녀오겄구만이라."

보름이는 인사를 하고 집을 나섰다.

무주는 역시 산 깊은 고을이었다. 들녘에는 진달래며 개나리가 지고 있는데 무주 산골에는 이제야 꽃망울들이 벙그러지고 있었다.

무주를 떠나면서 집을 넘겨주었던 김 서방이 산소로 앞장섰다. 산소는 잡초 하나 없이 잘 모셔져 있었다. 김 서방이 산소를 잘 돌보기로 한 약속을 어김없이 지킨 것이었다.

보름이는 미리 마련해 온 제물을 차리고 술을 따랐다. 그리고 아들이 두 번 절을 하는 동안 시아버지 앞에 소리 없는 사죄를 했다.

'아부님, 늦게 찾아뵌 것 용서해 주시씨요. 사느라고 그리되았구만이라우. 서운허시드라도 삼봉이 보시고 맘 풀어 주시씨요. 인제 자주 찾아뵙도록 허겄구만요.'

남편의 산소는 시아버지 산소 아래 있었다. 아들이 절을 올리는 동안 보름이는 또 속말을 했다.

'저것이 당신 아들이오. 똑똑히 잘 보씨요. 당신 닮은 데가 많지 않으요? 공부도 그만허면 잘허고, 맘도 깊으요. 저것 앞날이 잘 풀리게 당신이 늘 굽어살펴야 허요 잉.'

보름이는 남편 산소 앞에서 아들과 마주 앉았다. 아들에게 술과 제물을 음복시키며 먼 골짜기를 가리켰다.

"아부지는 의병들헌티 연락허는 일을 혔다고 왜놈들이 저 골짝에서 총질을 했니라. 아부지가 돌아가시고 삼사 년이 지나서는 토지조사사업이라는 것이 벌어졌는디, 그 난리가 이 산골까지 몰아닥치지 않았겄냐? 어느 날 느닷없이 면사무소 직원이 몰려와서 우리 땅에 말뚝을 박기 시작헌 것이여. 토지신고서를 기한 안에 안 냈응게 땅을 다 뺏는다는 것이었제. 근디 관청에서 토지조사가 뭔지, 토지 신고를 어떻게 허는 것인지 가르쳐 준 일이 없응게 산골 사람들은 앉어서 날벼락을 맞은 것이제. 헌디 그냥 날벼락을 맞지 않고 힘지게 나선 사람이 있었다. 그 사람이 바로 할아부지여. 할아부지가 말뚝 박으라고 시키는 면서기를 괭이로 찍어 버리지 않았겄냐. 그래서 왜놈들헌티 총살당허신 것이다. 아부지도 할아부지도 다 돌아가시고, 땅마저 뺏겼으니 여기서 살수가 있어야제. 하나 남은 니를 가르치자면 대처로 나가는 길밖에 없었니라. 그래서 니를 업고 여기를 뜬 것이여. 그동안은 니가 어려서 이런 얘기 자세히 안 혔지만, 인제 니도 다 컸응게 맘 놓고 허능 것이다."

어느덧 보름이의 눈에서 눈물이 흘러내리고 있었다.

삼봉이는 입을 꾹 다문 채 삼봉산에 눈길을 박고 있었다. 그는 충격과 함께 지난날의 기억에 휘말렸다. 많은 기억 가운데 가장 또렷한 것이 세키야였다. 어머니가 어째서 왜놈 순사와 사는지 그

때는 알 수가 없었다. 그러나 이제 어머니가 강제로 살았다는 게 확실해졌다. 남편과 시아버지를 죽인 왜놈들에게 어머니는 얼마나 원한이 사무쳤을까. 그런데도 왜놈 순사에게 붙들려 살아야 했으니, 어머니의 고통은 얼마나 컸을까.

"엄니……."

삼봉이는 어머니의 손을 꼭 잡았다.

"삼봉아……."

보름이는 다른 손으로 아들의 손을 감쌌다.

두루마기를 잘 차려입은 신세호가 마을 어귀로 들어섰다. 그는 작은 보퉁이를 들고 있었다.

신세호는 송수익의 집 대문을 두들겼다. 대문도 집도 많이 낡아 있는 것에 또 마음이 쓰였다.

"뉘신게라?"

딸의 목소리였다.

"어멈이냐? 나다."

신세호는 헛기침을 했다.

"아이고, 아부님이……."

다급하게 대문이 열리며 하엽이가 인사를 했다.

"사돈 어른은 좀 어떠시냐?"

신세호가 작은 보퉁이를 딸에게 내밀며 물었다.

"별 차도가……."

하엽이는 보퉁이를 받아 들며 말끝을 흐렸다. 그 손에 부채가 들려 있었다. 약을 달이느라고 풍로의 불을 부치다가 나온 것이었다.

신세호는 딸을 따라 안방으로 들어갔다. 방 안에서 대소변을 받아 내는 중환자 냄새가 끼쳐 왔다. 신세호는 착잡해졌다.

신세호는 안 씨를 물끄러미 바라보고 앉아 있었다. 안 씨는 몸이 약해서 저렇게 된 것이 아니었다. 자기보다 더 심한 고문을 당한 탓이었다.

신세호는 조용히 방을 나와 사랑채 마루에 걸터앉았다. 그 옆에 하엽이가 단정하게 손을 모아 잡고 섰다.

"니가 맘 강단지게 먹고 집안을 다잡아야 헌다. 농사철도 닥쳤응게."

신세호는 시어머니가 가망이 없을지도 모른다는 말을 그렇게 했다.

"예에……."

하엽이도 담담하게 대답했다.

"준혁이는 학교 갔을 것이고, 이화는 어디 있냐?"

"예, 점순이가 업고 심부름 갔구만요."

"그려, 집안에 우환이 들수록 자식들 잘 돌봐야 혀. 집안의 자손을 잘 건사허는 것이 여자가 헐 가장 큰일이다."

"예에……."

"나도 곧 송 서방 면회를 가 볼란다."

신세호는 곰방대를 털고 몸을 일으켰다.

"저…… 아부님은 몸이 좀……."

말을 꺼내던 하엽이는 아버지와 눈길이 마주치자 고개를 떨구며 말끝을 얼버무렸다.

"나야 이만허면 괜찮다. 차차 더 좋아질 것이고."

신세호는 일부러 기운을 실어 말했다. 그러나 몸은 영 좋지 않았다.

"아부님, 살펴 가시씨요."

하엽이가 허리를 깊이 굽혔다.

들길을 걷는 신세호의 눈앞에는 하엽이의 모습이 자꾸 밟혔다. 아직 그럴 나이가 아닌데 고운 맵시가 다 바래 버린 하엽이의 얼굴에는 근심이 가득 서려 있었다. 시집가서 지금까지의 세월이 그만큼 고단했던 것이다. 고보 때부터 집을 떠나 있어야 했던 사위는 일본 유학을 다녀와서도 혼자 서울에 머물러 있었다. 아직 직장이 부실해 가족을 데려갈 수 없다는 것이었다. 남편과 떨어져 혼자서 시어머니를 모셔야 하는 시집살이가 고단하지 않을

리 없었다. 거기에 큰 우환까지 겹쳤으니 딸애의 얼굴에 그늘이 짙지 않을 수 없었다.

그러나 신세호는 안사돈 안 씨가 그랬던 것처럼 하엽이가 그 집안을 잘 떠받치기를 바랐다.

한편, 송가원은 형을 면회하고 있었다.

"돈만 자꾸 없애는디 왜 또 왔냐? 그 돈으로 엄니 약 더 좋은 것으로 구허고, 엄니 옆을 뜨지 말아야제. 그래 엄니는 좀 어뜨시냐?"

송중원은 장남답게 말하고 있었다.

"별 차도가 없소. 침에 약에 아무리 애를 써도 안 되니, 참말로 깝깝허기만 허요."

"……그것 참 큰일이다."

송중원의 초췌한 얼굴이 일그러지며 기침을 했다. 기침이 심해지면서 핏기 없던 그의 얼굴이 붉어졌다.

"무슨 병 든 것 아니오?"

송가원이 형을 똑바로 보며 물었다.

"아니여, 그냥 감기여."

송중원이 어설프게 웃었다.

"성님까지 아프면 되겠소. 여기 밥이라도 꼭꼭 씹어서 다 먹고, 운동도 열성으로 허시오."

"그려."

송중원은 대견하다는 듯 동생을 바라보며 고개를 끄덕이고 는, "니는 어쩔 것이냐? 대학을 가야제." 하고 동생의 일을 끄집 어냈다.

"별로 생각 없소."

송가원은 망설임 없이 대꾸했다.

"무슨 소리여? 그것은 아부님이 바라시는 것이 아니여!"

송중원은 성질이 드센 동생의 고집을 꺾으려 아버지를 들이댔 다. 아버지가 살아 계신다는 게 알려졌으니 이제 거리낄 것이 없 었다.

"공부를 허면 무슨 공부를 헐 것이오?"

화난 듯 송가원의 말은 불퉁스러웠다. 왜놈들 밑에 들어가지 않고는 써먹을 공부가 없다는 뜻이었다.

"내가 곰곰이 생각혀 봤는디, 의학부에 가는 것이 좋겠다. 작년 에 경성제대에 의학부가 생겼응게."

"더 생각혀 봐야겄소."

"날도 풀리고 나도 나갈 날이 얼마 안 남었응게 참말로 인제 더 오지 말어라."

"근디…… 논을 서 마지기 더 팔아야 되겄구만요. 엄니 약값 이……."

송가원이 침울하게 말했다.

"하면, 그래야제."

송중원은 가볍게 대답하며 웃어 보였다. 그러면서 속으로는, 동생이 대학 공부를 하지 않으려는 것이 학비 문제도 걸려 있을지 모른다고 생각했다.

"준혁이는 공부 잘허고 이화도……."

"시간 만료!"

간수가 일본말로 외쳤다.

"그려, 조심혀서 가고, 엄니……."

돌아서는 송중원의 회색빛 얼굴이 쇠창살 저쪽에서 씰그러지고 있었다.

"성님……."

쇠창살을 붙드는 송가원의 목이 메었다.

27

대륙의 좌절

장개석이 4월 12일(1927년)에 남경 국민정부를 조직했다는 소식이 북벌군들 사이에 퍼졌다. 그것은 장개석이 일으킨 쿠데타로, 국공합작(국민당과 공산당의 연합)이 분열되었다는 것과 중국 대혁명의 좌절을 의미했다.

그 소식에 이어 장개석이 상해의 공장노동자들을 학살하라는 명령을 내렸다는 소식이 들려왔다. 장개석이 공산주의자들을 완전히 적으로 돌리고 숙청을 시작한 것이었다.

그 두 가지 소식은 북벌군을 발칵 뒤집어 놓았다. 특히 북벌군의 외국 사람들에게는 이만저만한 충격이 아니었다. 거의가 공산주의자인 그들은 중국의 혁명을 위해 싸우다가 하루아침에 혁명이 좌절되는 실망과 함께 생명까지 위험한 상황에 빠진 것이다.

상해뿐만 아니라 광동에서도 공산주의자를 체포하고 공개 처형하는 일이 벌어지고 있다는 소식이 또 들려왔다.

여러 나라의 의용대가 그렇듯이 조선의용대도 한자리에 모였다. 거기서 논의된 것은 간단했다. 국공 분열은 돌이킬 수 없는 일이라는 것을 확인하고, 앞으로의 행동은 각 조직별로 선택하기로 했다. 그 방향은 두 가지뿐이었다. 하나는 각자 활동하던 지역으로 돌아가는 것이었고, 다른 하나는 중국의 공산혁명을 위해 좌익 정권인 무한정부를 지원하는 것이었다. 무한정부는 장개석의 남경정부와 대결해야 하는 상황이었다.

조선의용대는 기대가 컸던 만큼 실망도 컸다. 무한정부와 남경정부의 대결은 중국 국내문제일 뿐이었다. 연해주의 독립군 100여 명은 돌아가기로 결정했다. 만주의 독립군 400여 명과 국내에서 온 100여 명도 마찬가지였다. 그 결정은 강압적인 것이 아니고 개인이 자유롭게 선택할 수 있었다.

이광민은 밤새껏 고민했다.

'연해주로 다시 돌아갈 것인가, 어쩔 것인가……'

하지만 새벽이 되도록 여러 가지 생각이 뒤엉킬 뿐 좀처럼 결정을 내릴 수가 없었다. 이제 러시아가 아닌 소련은 혁명 체제로 사회가 급격하게 변하고 있었다. 그것이 조선의 독립운동에 어떤 영

향을 미칠지 궁금했다. 하지만 연해주에서는 외톨이로 떨어져 있
는 듯한 느낌을 종종 받았다. 그런데 이곳에서는 마음이 편안했
다. 임정 파견원이던 김명훈을 만나고, 의열단원들을 알게 되고,
국내에서 온 동지들을 만나서 그런지도 몰랐다. 독립운동도 연해
주보다는 만주와 중국 쪽이 한결 더 치열했다.

돌아가지 않는 쪽으로 마음이 기울었다. 그런데 문득 걸리는 게 있었다. 마음 한구석에서 얼굴을 삐쭉 내미는 여자, 윤선숙이었다.

이광민은 마음을 정하지 못한 채 아침을 맞았다.

"이 동지, 어떻게 하기로 했소?"

윤철훈이 물었다.

"예에……?"

이광민은 깜짝 놀랐다.

'어떻게 하기로 하다니?'

그건 연해주로 돌아가지 않을 수도 있지 않느냐는 물음이었다.

"이 동지, 어렵게 생각할 것 없소. 어디서 싸우나 다 조국을 위한 것이오. 난 어쩔 수 없이 돌아가지만, 사람이 필요한 곳은 여기요. 우리 동지들도 몇 사람 여기 남을 거요."

윤철훈은 여동생 얘기는 아예 꺼내지도 않고 돌아섰다.

다음 날, 연해주 독립군들은 떠났다.

국내에서 온 청년들도 떠날 준비를 끝내 가고 있었다. 허탁은 어떻게 해야 좋을지 갈피를 못 잡고 있었다. 누군가는 만주의 독립군을 따라가자고 했고, 또 누군가는 조선공산당 만주총국을 찾아가자고 했고, 어느 사람은 의열단에 가입하자고 하는가 하면, 또 다른 사람은 상해의 공산당 조직인 여운형 아래로 들어가자고 했다.

허탁은 결국 돌아가기로 마음을 정했다. 중국 땅은 필요하다면 언제든 다시 올 수 있었다. 그리고 국내에 신간회라는 단체가 생겨났다는 소식이 들려왔다. 사회주의자들과 변질되지 않은 민족주의자들의 대연합. 신간회는 국내 투쟁의 새로운 기회가 될 수 있었다.

그런데 허탁의 뇌리에 불현듯 송중원의 아버지 송수익이 떠올랐다. 어차피 만주를 거쳐 가야 하니까 그분을 만나 뵙고 싶었다.

허탁은 만주 독립군들이 있는 곳을 찾아갔다.

"혹시 송수익이란 분을 아는 동지가 있는지 알아봐 주십시오. 전라북도 분이신데 의병 대장을 하시다가 만주로 넘어오신 분입니다."

허탁은 소대장들을 찾아다니며 부탁했다.

"댁은 누구시다요?"

소대장이 광고를 하고 나자 한 대원이 허탁에게 다가서며 물었다. 퉁명스러운 전라도말 만큼이나 강한 그 눈초리에 경계의 빛이 서려 있었다.

"예, 저는 그분 아드님 송중원과 대학 동창으로 절친한 사입니다."

"대학 동창? 아니, 그 어른 아들이 아부지가 만주에서 독립운동을 허신다고 자랑허고 그럽디여?"

그 대원의 얼굴에 의심의 빛이 드러났다. 그 단단하게 생긴 사내는 천수동의 아들 천상길이었다.

"아닙니다. 저도 몰랐는데 작년에 그분 아들 송중원이 잡혀 들어가고 나서야 알았습니다."

"아들이 잡혀 들어가라?"

천상길의 반응이 민감했다.

"예, 경찰에서 그분이 만주에서 활동하시는 걸 어떻게 알아내고는 송중원이 모친과 송중원이를 잡아들인 겁니다. 그래 이번 돌아가는 길에 한번 찾아뵐까 합니다."

"그런 일이 있었구만요……."

천상길은 얼굴을 잔뜩 찌푸린 채 중얼거리고는, "알겠소. 나허고 함께 갑시다."라며 비로소 의심을 풀었다.

한편, 윤철훈을 떠나보낸 이광민은 의열단의 방대근을 찾아갔다. 그를 알게 된 것은 윤철훈을 통해서였다.

"잘 생각허셨구만요. 연해주보다야 여기서 헐 일이 더 많은게라."

이광민의 말을 듣고 방대근이 대뜸 한 말이었다.

"저는 앞으로 어떻게 하면 좋을지……."

이광민은 신중하게 말을 꺼냈다.

"이 동지만 좋다면 우리허고 함께 일혀도 되겠는디요."

"아 예, 고맙습니다. 헌데 제가 의열단원이 될 자격이 있는지……."

이광민은 자신이 바라던 바라 반가워하면서도 일단 겸손을 보였다.

"우리 의열단도 인제 옛날 의열단이 아니구만요. 단원이 삼백 명 가까이 죽었고, 새 바람으로 일어난 공산주의는 날로 세력이 커지고, 그래서 우리 투쟁 방법을 놓고 토론이 시작되었구만요. 단원들이 죽어 간 만치 투쟁 효과가 있었느냐, 조선 독립은 전체 인민들의 투쟁으로 이루어지는 것이제 소수의 육탄 테러로 되는 것이 아니지 않느냐, 세상이 달라지고 있응게 투쟁 방법을 바꿔야 하지 않느냐, 요런 토론 끝에 작년 12월에 나석주 동지가 식산은행허고 동척에 폭탄을 던지고 자결헌 뒤로는 테러 투쟁을 중단허고 새 투쟁 방도를 찾고 있구만요."

방대근이 진지하게 설명했다.

"그러면 혹시 의열단 투쟁이 공산주의식으로 바뀌는 것입니까?"

"꼭 그렇다고는 못 허겄구만요. 단원들 생각이 아직 다 통합되지 않았응게라. 민족주의자·무정부주의자·사회주의자, 구구각색 잉게요."

"실례지만…… 방 동지께선 어떤 주의신지요?"

"지는 뭐 무정부주의도 아니고 사회주의도 아니고 엉거주춤허구만요."

방대근이 얼버무렸다.

28

사무치는 그리움

"이놈아, 니가 이 애비 한을 풀어 줘야 헐 것 아니여!"

벽에 등을 기대고 있던 이경욱은 깜짝 놀라며 똑바로 앉았다. 그 순간, 옥비의 그 청초하면서도 고아한 모습이 산산이 부서지며 노여움 가득한 아버지의 얼굴이 쑥 밀려들었다.

"체, 한은 무슨 한이야. 남들 가슴에 한 맺히게 한 죄만 지독하게 졌지."

이경욱은 강제로 이 절간에 갇힌 뒤로 아버지에 대한 분노가 더 커졌다. 아버지는 자신이 대학 다니는 동안 고등고시에 합격하기를 바랐다. 그러나 사회주의에 깊이 빠져들고, 3학년 말에 보게 된 소리꾼 옥비에게 마음을 빼앗기면서 영 마음을 잡지 못했다.

졸업한 뒤에 고등고시에 응시했지만 결과는 보나 마나였다. 그 사이 아버지는 농장 주임 자리에서 쫓겨나고 말았다. 새로 부임해 온 지배인이 1년 반 동안 업무 파악을 끝내고는 아버지를 몰아낸 것이었다. 그가 내세운 파면 이유는, 소작인들의 원성이 너무 자자하고, 그동안 재산을 너무 많이 늘렸으며, 불편한 몸에 나이까지 많아 일을 제대로 할 수 없다는 것이었다.

아버지는 그 자리를 놓치지 않으려고 몸부림쳤다. 이 사람 저 사람 찾아다니며 부탁을 했고, 경찰서 사찰과장에게도 찾아가 사정했다. 하지만 아버지를 도와주는 사람은 아무도 없었다.

"일본 놈들은 다리가 평생 빙신이 되는 공을 세웠는데도 그 공을 몰라주는 아주 악독헌 놈들이다. 아이고메, 분하고 원통혀서 못 살겠다! 경욱아, 얼른 고등고시에 합격혀서 이 애비 한을 풀어다오."

아버지는 처음으로 일본 사람들 욕을 했다. 그리고 자신을 이 절간으로 보냈다. 올해는 세상없어도 고등고시에 합격해야 한다는 것이었다.

"그래, 저 혼자 출세하려고 고등고시를 보는 자들이야말로 제2, 제3의 이완용이고 송병준인 것은 말할 것도 없네. 허나 자네는 그런 자들과 달라. 사회주의 운동을 통해 이미 인민대중의 편에 서 있지 않나? 자네는 고등고시에 합격해 검사든 판사든 된 다음

인민대중을 위해 판검사 노릇을 하게. 일본 놈들 틈바구니에서 쉬운 일은 아니겠지. 허나 사회주의 운동가들은 침투할 수 있는 모든 분야에 침투해야 하네. 자네도 그런 각오로 판검사가 되게. 그래서 억울한 재판을 받는 100명의 조선 사람 가운데 한 명이라도 구해 내야지. 그리되면 자네 부친의 소원도 풀어 드리고 일거양득 아닌가?"

고서완 선생의 말이었다.

이경욱은 한숨을 쉬었다. 고 선생님의 말은 설득력이 강했다. 그러나 마음은 쉽사리 정리되지 않았다. 정말 조선인에 대한 배척과 멸시의 틈바구니에서 견뎌 내며 고 선생의 말처럼 할 수 있을까? 일본 법관이라는 굴욕 속에서 실오라기 같은 일을 해내려고 애쓰느니, 차라리 위험을 무릅쓰고라도 사회주의 실천으로 나서는 게 나을 것 같았다. 그 저울질이 양쪽으로 오르락내리락하고 있는 한편에서 옥비가 또 마음을 흔들었다.

아버지 생일잔치를 마치고 일본으로 건너간 뒤에도 머리에서 옥비가 지워지지 않았다. 여름방학에 집으로 돌아온 그는 옥비가 전주 향월관에 있다는 것을 알아냈다. 그러나 그가 찾아갔을 때 옥비는 계약 기간이 끝나 지리산으로 독공을 떠난 뒤였고, 독공이 2년이 걸릴지 3년이 걸릴지 모른다고 했다.

졸업을 하고 돌아와서는 고등고시 공부를 하라는 아버지에게 시달렸다. 그러면서도 옥비네 집에 머슴을 보내 소식을 알아 오게 했다. 그런데 머슴이 엉뚱한 소식을 알아 왔다. 옥비의 오빠가 공산주의에 물들어 동네 소작회를 조직한 죄로 잡혀 들어갔다가 풀려나 앓아누워 있더라는 것이었다.

이경욱은 그 뜻밖의 소식에 마음이 환해졌다. 그 오빠와 사상이 통한다면 옥비와의 일도 한결 잘 풀리게 되리라는 생각 때문이었다.

얼마 뒤 이경욱은 옥비네 집을 찾아갔다.

"저, 실례합니다."

머릿수건을 쓰고 텃밭에서 일을 하던 여자가 고개를 돌렸다. 차득보의 아내 연희네였다.

"누, 누구신게라……."

연희네는 낯모르는 남자를 보고 더듬거렸다.

"저는 군산에 사는 이경욱이라고 합니다. 다름이 아니라 몇 해 전 옥비 명창이 우리 아버지 생신 때 소리를 했는데, 그 소리를 잊을 수가 없어서 다시 청해 들을까 하고……."

연희네는 그만 가슴이 섬뜩해졌다. 이 사람이 그놈 아들이 아닐까 싶었다. '군산 쪽', '이 씨', '생일잔치'가 너무 똑같았다. 이동만이라는 놈이 모든 흉계를 꾸몄다는 것을 남편과 시누이가 말을 맞춰 보고는 밝혀냈던 것이다.

"댁 아부님 존함이 어찌 되능게라?"

"예, 동 자, 만 자입니다."

이동만! 연희네의 가슴에서는 모과 떨어지는 소리가 쿵 울렸다. 원수 놈의 자식이 찾아든 것이었다. 그런데 그 젊은이는 그동안 벌어진 일을 모르는 눈치였다.

"그동안 뭘 허다가 인제 와서 소리를 듣겠단 말이다요?"

연희네는 떨리는 가슴을 누르며 이렇게 떠보았다.

"일본에서 학교를 다니느라 방학 때 와서 소리를 청하려고 했지만, 독공이 너무 길어서 그만⋯⋯."

연희네는 자기 짐작이 맞았다는 것을 알았다. 듬직한 인물, 예절 바른 언행, 하늘 같은 학벌⋯⋯ 연희네는 풀어지려는 마음을 잡아챘다. 시누이는 이미 사찰과장에게 당한 뒤였고, 그렇지 않더라도 저런 남자와 시누이가 짝이 될 리는 없었다. 괜히 부잣집 자식이 바람기를 일으키는 것이 틀림없었다.

"우리 시누 소리 들을 생각 마씨요. 중이 될지도 모릉게."

연희네는 싸늘하게 내쏘았다.

"무슨 안 좋은 일이 생겼군요?"

"아니구만요. 그리 알고 그만 가시씨요."

연희네는 더 냉정하게 말하며 돌아섰다.

맥이 빠진 이경욱은 터덕터덕 걸음을 옮겼다. 스스로 예인이라고 자부하며 술 따르기를 거부하던 명창이 명창의 길을 포기하고 중이 될지도 모르는 무슨 일을 당했다……. 무슨 큰일이 있었던 게 틀림없었다.

눈앞에 옥비의 빨간 댕기가 선연하게 떠올랐다. 애석하고 안타까워 견딜 수가 없었다. 옥비에게 무슨 일이 있었는지 알아내야 했다. 그리고 중이 되지 않게 막고 싶었다.

마을을 벗어난 이경욱은 들판 가운데 망연하게 서 있었다. 그냥 절로 돌아갈 수는 없었고, 머슴에게 무슨 일이 있었는지 알아내게 해야 했다.

"니가 집에 어쩐 일이다냐!"

집으로 들어서는 아들을 보자마자 이동만은 눈을 치떴다.

"책 가지러 왔구만요."

이경욱은 미리 준비한 대답을 했다.

"어허, 그러니 잘 챙겨 갔어야제. 얼른 밥 먹어라."

이동만은 금세 얼굴이 풀어졌다.

이경욱은 아무도 모르게 머슴을 불러 옥비에게 무슨 일이 있었는지 알아내라고 일렀다. 그러면서 돈을 쥐어 주었다.

"아니구만이라, 아니구만이라."

"이 사람 저 사람 술도 사 주고 해야 이야기를 쉽게 얻어들을 것 아니오."

아버지는 머슴에게 높임말을 쓴다고 질색이었다. 대학에 들어가 사회주의 사상을 접하면서 이경욱은 나이 많은 머슴에게 하대를 해서는 안 된다는 것을 깨달았다. 머슴은 그걸 황송해하며 이경욱이 시키는 일이라면 망설이지 않았다.

머슴은 여드레 만에 절에 나타났다.

"그것이…… 잡혀 들어간 오래비를 풀려나게 헐라고 사찰과장헌티……."

머슴은 주인 이동만이 중간에 끼었다는 것은 차마 입에 올리지 못했다.

"왜놈한테……!"

이경욱은 그때서야 소작회를 조직한 사람이 어떻게 감옥살이를 하지 않고 그냥 풀려났는지 알 수 있었다.

"독공하는 데는 어디요?"

"그것은 아무도 모르더만이라우."

"어서 그걸 알아내시오."

"근디 요 일을 어르신이 아시면 생난리가 날 것인디요."

머슴의 얼굴에 두려움이 드러났다.

"그건 걱정 말고, 여자를 시켜 그 집 안주인한테 알아보도록 하시오."

이경욱은 다시 돈을 쥐어 주었다.

들녘은 푸르름으로 넘실거리고 있었다. 말 위에 올라앉은 하시모토는 그 초록빛 들녘을 둘러보고 있었다. 말 옆에는 보퉁이를 든 사내가 종종걸음을 치며 따라가고 있었다.

푸르른 들녘을 둘러보며 하시모토는 느긋한 기분이었다. 남보다 먼저 농토에 투자한 것은 참으로 현명한 일이었다. 해마다 쌀을 수확해 재산이 불어나는 것은 말할 것도 없고, 그동안 논 값이 또 두 배 가까이 뛰어 있었다.

그러나 하시모토는 아직 만족스럽지 않았다. 죽산면을 절반 가까이 차지하기까지는 별 어려움이 없었는데 그 이상은 일이 잘 풀리지 않았다. 나머지 절반은 동척과 김 참봉이 차지하고 있었다. 동척은 접어 두더라도 김 참봉이 눈엣가시였다. 그러나 그 영감도 중병으로 자리에 누운 지 벌써 1년이었다. 그 영감만 없어지면 기회를 잡을 수 있을 것 같았다. 일본에서 대학을 나왔다는 그 아들이 영감에 비해서는 꽤나 보들보들했던 것이다.

"저기 다 왔구만요."

말 옆에서 종종걸음을 치며 사내가 턱으로 앞을 가리켰다.

하시모토는 그 집 앞에서 말고삐를 잡았다. 그 집 사립에는 금줄이 쳐져 있었다. 굵게 꼰 새끼줄에는 빨간 고추가 가운데를 차지하고 그 양쪽으로는 숯과 솔잎이 꽂혀 있었다. 아들을 낳았으니 들어오지 말라는 표시였다.

"이리 오너라, 하시모토 어르신 납시셨다."

보퉁이를 든 남자가 집 안에다 대고 양반 호령을 했다.

"아이고메, 나가요, 나가!"

다급한 여자의 목소리였다

"단나사마 곤니찌와(어르신 안녕하세요)."

짚신을 끌며 달려 나온 여자가 하시모토에게 허리를 깊이 굽혔다.

여자의 얼굴은 부석부석했고, 머리는 헝클어져 있었다. 누워 있다가 급히 나온 산모의 모습이었다.

"하시모토 어르신이 아들 낳았다고 미역을 내리시는 것이여. 큰절 올리고 얼른 받어."

남자의 불퉁스러운 말이었다.

"야아……."

여자가 하시모토에게 땅바닥에 이마가 닿도록 허리를 굽혔다.

여자가 몸을 일으키자 금줄 밖에 선 남자가 들고 있던 미역 보퉁이를 내밀었다.

"고맙구만이라우."

여자가 보퉁이를 받아 들며 다시 머리를 숙였다.

하시모토는 이삼 년 전부터 이런 선심을 써 왔다. 소작쟁의를 일으키는 외부 세력의 침투를 막으려고 농장을 군대식으로 조직했는데, 억압을 당하는 소작인들의 불만이 자꾸 커지는 게 문제였다. 그 불만을 없애기 위해 생각해 낸 것이 미역 선물이었다.

그 선심 쓰기의 효과는 무척 좋았다. 미역을 받은 소작인들이 고마워하는 것은 물론이고 다른 지주들의 소작인들 사이에도 화젯거리가 되었다.

"정에 약한 조센징들의 기질을 찔렀더니 역시 효과가 만점이군. 역시 조센징들은 단순하고 어리석다니까. 흐흐흐흐……."

하시모토는 혼자 어깨를 들썩거리며 웃어 댔다.

하시모토는 사무실로 돌아오며 또 요시다를 생각했다. 아니, 정확하게 말하자면 요시다가 앉아 있던 농장 조합의 회장 자리를 생각했다. 아직 회장 자리는 차지할 수가 없었다. 나이도 나이지만 그 자리를 차지하기에는 아직 농장이 작았다.

'어떻게 하면 김 참봉네 농토를 손아귀에 넣을 수 있을까……?'

하시모토는 또 그 생각을 골똘히 하고 있었다.

사무실로 들어선 하시모토는 전화를 걸어 장칠문을 불렀다.

얼마 안 있어 장칠문이 헐레벌떡 사무실로 들어섰다.

"자네, 김 참봉네 큰아들 알지?"

"네, 압니다."

"그놈 성격이나 취미 같은 것도 아나?"

"그런 것은 잘 모르겠는데요."

"그럴 줄 알았어. 지금부터 그놈의 성격이 어떤지, 급한지 차분한지 배짱이 있는지 소심한지, 그리고 술친구는 누군지, 술집은 어디를 잘 가는지, 노름은 안 하는지, 그놈에 관해서는 하나도 빼놓지 말고 샅샅이 알아내. 열흘 안으로!"

"옛, 알겠습니다."

이틀이 지나 하시모토는 장칠문의 전화를 받았다.

"벌써 다 알아냈나?"

하시모토의 목소리는 들떠 있었다.

"그게 아니라 김 참봉네 작인들이 소작쟁의를 일으켰습니다."

"아니, 추수철도 아니고 한창 농사철에 무슨 놈의 소작쟁의야?"

"예, 수리조합비를 핑계로 소작료를 올린다고 해서 들고일어난 겁니다."

"지주가 물어야 할 수리조합비를 작인들한테 떠넘겼단 말인가?"

"예, 바로 그겁니다."

"알겠네. 내가 구경 나가 보지."

하시모토는 말에 오르며, 그게 김 참봉 생각인지 그 아들놈 생각인지는 모르나 머리를 제법 쓴 것이라고 생각했다. 그러나 서투른 것은 소작쟁의를 당한 것이었다. 그런데 중병에 걸려 있는 김 참봉이 그런 생각을 해냈을 것 같지는 않았다. 아무래도 그 아들

놈의 생각이기 십상인데, 그렇다면 만만한 놈이 아니었다. 대학 나온 지 얼마 안 된 어린놈이라고 보들보들하게 보아서는 안 될지도 모른다 싶었다.

하시모토는 멀찍이 떨어져서 소작인들이 둘러싼 김 참봉네 기와집을 바라보고 있었다. 소작인들은 오륙백 명도 더 되어 보였다.

'저건 틀림없이 외부 세력이 침투한 것이다. 조직이 없고서야 저렇게 모여들 수는 없는 일이다.'

"흥, 이놈아 어디 당해 봐라. 작인 놈들을 꼼짝 못하게 묶어 놓지 않고 소작료를 올려? 총도 안 들고 호랑이 잡을 욕심만 낸 거지."

하시모토는 묘한 웃음을 흘렸다. 그때 말이 갑자기 소리치며 앞발을 번쩍 치켜들었다. 정신을 팔고 있던 하시모토는 어찌할 새도 없이 논바닥으로 처박혔다. 말은 미친 듯이 들길을 달려갔고, 하시모토는 죽은 듯이 움직임이 없었다.

한가하게 풀을 뜯고 있던 말이 갑자기 고개를 치켜든 뱀에게 놀란 것이었다.

하시모토가 낙마했다는 소문은 금세 쫙 퍼졌다.

"아이고메, 시원하게 잘되았다."

"근디, 그놈은 어찌 되았디야?"

"영 지랄겉이 되았구마. 낯짝 쫴깨 긁히고, 손목을 접질렀다등마."

"아이고메, 아까운 거. 그놈이 이 통에 팍 뒈졌어야 허는디."

사람들은 이렇게들 입을 모았다.

그날 밤 한 방의 총소리가 울렸다. 다음 날에야 사람들은 집을 찾아든 말이 총에 맞아 죽은 것을 알았다. 총은 장칠문이 쏘았고, 말이 늙어서 노망이 났기 때문에 죽인 것이라고 했다.

29

원인과 결과

반도호텔 쪽으로 길을 건너던 정도규는 멈칫 놀랐다. 호텔에서 막 나온 두 남자 가운데 하나가 김기석이었다. 그 옆의 남자는 형사라는 직감이 스쳤다.

두 사람은 헤어져 반대 방향으로 갔다. 김기석은 동척 쪽으로 바삐 걸어갔다.

'김기석이 어떻게 반도호텔을 드나드는가? 왜놈들도 아무나 얼씬거리지 못하는 곳인데. 거기 드나드는 조선 놈들은 모두다 친일파 아닌가? 그런데 가난한 공산주의자가 수상한 놈과 함께 호텔에 드나들다니……'

정도규는 재빨리 김기석 옆에 있던 남자 뒤를 쫓았다. 김기석이

변절자인지 아닌지를 밝히자면 그 남자가 누구인지 확인해야
했다.

　그런데 그 남자는 택시를 잡아타고는 가 버렸다. 정도규는 멀어
지는 택시를 보며 발을 굴렀다.

　정도규는 왔던 길을 되짚어 동척 앞까지 뛰었다. 그러나 김기석
은 이미 사라지고 보이지 않았다.

　'동경에서 유학한 김기석이 서울파에 가담한 것부터 이상해. 동
경에서는 서울파를 비난하고 비판하지 않았던가? 그가 혹시 경
찰의 끄나풀 아닐까⋯⋯?'

　정도규는 여기서 생각을 멈추었다. 자신이 너무 나쁜 쪽으로만
생각하는 게 아닌가 싶었던 것이다. 그게 다 서울파가 저지른 분
열 행위에 대한 불신 때문이었다.

　정도규는 명동의 뒷골목 카페를 찾아갔다.

　"아니, 자네도 시간 어길 때가 다 있군. 무슨 일 있나?"

　얼굴이 넓적한 안종화가 물 잔을 들며 물었다.

　"여기선 곤란해."

　정도규는 안종화가 들고 있는 물 잔을 빼앗아 단숨에 들이켰다.

　"이 사람 보게. 여길 못 믿으면 어딜 믿나?"

　안종화는 어이없는 표정이었다. 카페 주인이 당원이었던 것이다.

　"종업원이나 손님은 생각 안 하나?"

그들은 곧 밖으로 나왔다.

명동을 벗어나자 정도규가 입을 열었다.

"자네, 우리하고 학교 같이 다니다가 그만두고, 나중에 서울파에 가담한 김기석이 아나?"

"알지, 그 턱 뾰족한 친구."

"그자가 아까 어떤 수상한 놈하고 반도호텔에서 나오더라니까."

"뭐라구?"

안종화는 걸음을 멈출 만큼 놀랐다.

"왜, 뭐가 짚이는 게 있나?"

"아니야, 얘기 계속하게. 아 그것 참……."

안종화는 연거푸 혀를 찼다.

"남은 건 한 가지네. 김기석이 뒤에 미행을 붙여 캐 보는 것."

"우리 예감이 일치하니까 그럴 필요가 있겠는데."

두 사람은 한동안 말없이 어둠 속을 걸었다.

"참, 우리 꼴이 한심스러워. 이놈의 파벌 싸움을 해결 못 하면 결국 왜놈들 좋은 일만 시키는데 말야."

안종화가 한숨을 푹 쉬었다.

"미칠 일이지. 내부도 분열이고 외부도 분열이고, 건설적 투쟁은 파괴적 투쟁으로 변질되어 파국으로 치달아 가고 있어. 우리의 자질 부족인지, 감투를 탐하는 소인배 근성인지, 도무지 그 원인을 모르겠어."

정도규도 한숨을 내쉬었다.

정도규는 중앙당에 몸담은 게 잘못된 것이 아닐까 생각했다. 지난 1월에 네 번째로 조선공산당 조직을 재건할 때만 해도 파벌 싸움이 그렇게 심각할 줄은 몰랐다. 그런데 막상 간부직을 맡고 보니 비밀 활동마저 할 수 없는 지경이었다. 파벌 싸움 때문이었다. 더욱 참담한 것은 파벌 사이에 적대감이 커져 상대측을 경찰이나 헌병대에 밀고하는 일까지 벌어졌다.

세 번째 조선공산당 재건에서도 그 주도권을 일본 유학생들의 단체인 일월회에게 빼앗긴 서울파는 1년 가까이 내분을 일으키다가 마침내 새로운 조선공산당을 조직했다. 그것이 작년(1927년) 12월 21일이었다. 그런데 1월 들어 경찰은 대대적인 검거를 시작했다. 며칠 사이에 기존의 조선공산당 고위 간부 34명이 고스란히 체포되고 말았다. 밀고 없이는 도저히 불가능한 일이었다.

이틀 후에 정도규는 안종화를 다시 만났다.

"중앙집행위원들이 총사퇴를 결의했네."

안종화의 첫마디였다.

"그럼 당을 해산한다는 거야?"

정도규의 목소리가 격하게 터져 나왔다.

"그건 아니네. 상해에 있는 양명 동지에게 당 재조직을 요구하

214

기로 했다네.”

“상해? 결국 국내 운동의 포기로군. 당은 국외로 망명 보내고.”

정도규는 한숨을 내쉬었다.

그들은 이틀이 지나 충격적인 소식을 들었다. 전날 핵심 간부 두 명이 경찰에 검거되었다는 것이었다.

“이보게, 회의가 끝난 바로 다음 날 경찰이 덮친 게 이상하지 않은가? 혹시 4일 회의에 경찰 끄나풀이 섞여 있었던 건 아닌가?”

날카로워진 정도규의 눈초리가 안종화를 쏘아보았다.

“확실하진 않지만 그럴 가능성은 충분히 있네.”

안종화가 침통하게 고개를 끄덕였다.

“참 가관이로군. 그나저나 이게 또 다 잡아들이겠다는 신호 아니겠나?”

“보나 마나 뻔하지.”

“우리…… 상해로 빠지는 게 어떻겠나?”

안종화의 말이었다.

“그래, 그것도 방법이긴 하지. 허나 난 안 가겠네.”

“국내 운동은 이제 한계에 왔어. 이제 방법을 달리할 때란 말일세.”

“서울 사람다운 말이로군. 지방에 가 보게. 한계는 아직 멀었네. 물론 머잖아 지방에도 한계가 닥치겠지. 그렇다고 국외에는 한계가 없겠나? 외국이니까 한계가 또 있네. 양쪽 다 한계가 있다면 난 당연히 국내에서 견디겠네. 인민들 속에서 인민들과 더불어 싸우는 것이 정도니까."

정도규의 태도는 완강했다.

유학 시절부터 정도규의 고집을 아는 터라 안종화는 더 말을 잇지 않기로 했다.

"조심하게, 놈들이 우리 명단을 다 입수했는지도 모르니까."

헤어지면서 안종화가 말했다.

"자네도 조심하게."

정도규가 쓸쓸하게 웃으며 돌아섰다.

7월 초순의 해거름 날씨는 후텁지근했다. 종로로 나온 정도규는 전차를 탈까 하다가 그만두었다. 정도규는 평소에 다니던 길을 피해 하숙집 가까이 갔다. 경찰에서 노리고 있다면 평소에 다니는 길목쯤은 다 알고 있을 것이었다.

어둑어둑한 골목을 살피며 정도규는 하숙집으로 들어섰다.

"아까 누가 찾아왔었수."

주인 여자가 대문을 닫으며 말했다.

"누구라고 하던가요?"

정도규는 그저 예사롭게 물었다. 그러나 가슴은 화끈 뜨거워졌다. 아무에게도 하숙집을 가르쳐 준 적이 없었다.

"모르겠수, 또 온다고 하고 갔으니까."

정도규는 방으로 들어가 책갈피에 끼워 둔 돈을 꺼냈다. 그리고 서둘러 하숙집을 나섰다.

정도규는 골목을 타고 신설동 쪽으로 빠졌다. 거기서 인력거를 잡아타고 종각까지 나왔다. 빨리 서울을 벗어나야 했다. 안종화가 떠올랐다. 그의 집에도 경찰의 손이 뻗쳤을 게 틀림없었다. 그가 무사히 상해로 빠져나가기를 빌었다.

정도규는 경성역에서 기차를 타지 않았다. 수사망이 퍼진 이상 경성역은 위험했다. 다시 인력거를 잡아타고 용산역에서 내렸다. 그러나 용산역도 신경에 거슬렸다. 그는 내처 걸어 안양역에서 기차를 탔다.

이리에서 내린 정도규는 먼저 고서완을 만났다. 집에도 이미 손이 뻗쳐 있을 게 뻔했다.

"댁은 아무래도 위험하겠지요?"

"아마 그럴 것 같소. 당분간 내가 내려왔다는 걸 안 알릴 작정이오."

"예…… 그럼 앞으로 일은 어떻게 되겠습니까?"

"난 서울에서도 어느 동지한테 말했지만, 조선공산당이 상해로 옮겨 가는 것에 결코 찬성할 수 없소. 내려오면서 곰곰이 생각해 봤는데, 우리 전라북도 간부들과 서울의 순수한 동지들이 뭉쳐

당 재건 운동을 추진해야겠소."

정도규의 목소리는 쨍쨍했고 눈에서는 빛이 났다.

"그게 가능할까요? 너무 엄청난 일이라……."

"엄청날 것도 없소. 순수한 동지들 한 30명이 파벌 없이 단합하면 당을 재건할 수 있소."

"그렇게만 되면 얼마나 좋겠습니까?"

"보시오, 고 형이 벌써 찬동하지 않았소. 그럼, 당장 동지들을 만나 봅시다."

경찰은 전국에서 검거에 들어갔고, 한 달 동안 175명이 체포되었다. 그 엄청난 숫자에 세상이 떠들썩했다.

그쯤에서 검거가 잦아드는 기미를 보였다. 정도규는 계획했던 대로 몇 사람과 함께 한성행 기차를 탔다.

정도규는 조심스럽게 동지들을 만났다. 화요파, 서울파, ML(마르크스·레닌)파, 상해파까지 계파는 많았다. 그 파벌을 넘어설 수 있는 동지들을 찾아야 했다. 사람을 놓아 알아보니 안종화도 상해로 빠져나가지 못하고 체포되었다고 했다.

정도규도 보름을 넘기지 못하고 체포되었다. 그와 함께 체포된 사람은 모두 15명이었다. 고서완도 뒤늦게 군산에서 체포되었다.

"어머, 허탁 씨!"

덕수궁 담 옆을 걸어가던 허탁은 깜짝 놀라 고개를 들었다.

박정애가 뛰어오고 있었다.

"중국에서 언제 돌아오셨어요?"

박정애는 반가워 어쩔 줄 몰랐다.

"며칠 되었소. 그간 잘 있었소?"

"잘 못 있었어요. 어쩜 이렇게……."

박정애는 투정하듯 말하며 손을 내밀었다.

"체, 여전히 멋쟁이신데 뭘……."

허탁은 박정애와 악수하며 장난스럽게 웃었다.

"어디 조용한 데 가서 얘기해요."

"그럽시다."

허탁은 별로 내키지 않으면서도 얼른 대답했다. 워낙 오랜만에 만난 데다 이런저런 폐를 끼친 고마움 때문이었다.

"돌아온 지 며칠 됐다면서 이렇게 길거리에서 만나야 하나요? 송중원 씨도 출감했겠다, 저는 이제 쓸모가 없나 보죠?"

박정애가 길을 건너며 오금을 박았다.

"돌아온 지 며칠 안 돼서 무척 바빴소. 내가 박정애 씨를 잊을 리 있겠소."

"옆구리 찔러 절 받기로군요. 법원 쪽에서 오시는 것 같던데, 무슨 일 생겼나요?"

"홍명준이 사무실에 잠시 들렀소. 그 친구가 변호사가 됐다기에."

"흥, 그 아니꼽고 고리타분한 양반 나리께서 변호사님까지 되셨으니 더 가관이겠지요. 우리 같은 장사꾼 딸년들은 그림자도 못 밟겠네요."

박정애의 목소리에 파르르 날이 섰다.

"양반이라고 다 그런 건 아니잖소. 홍 형도 차츰 변할 거고……."

"예, 알아요. 허탁 씨나 송중원 씨 같은 양반도 있으니까요. 허나 이 세상 양반이 다 변해도 홍명준은 안 변할 거예요."

허탁은 박정애가 앞장서는 대로 어느 카페로 들어갔다.

"홍명준이한테 송중원 씨 출감 소식은 들었겠군요?"

"대충 들었소. 그동안 박정애 씨가 너무 애 많이 써 줘서 고맙소."

허탁은 말이 나온 김에 고마움을 전했다.

"허탁 씨가 고마워할 건 없어요. 내 맘이 내키지 않았으면 안 했을 테니까요."

박정애의 말은 분명했다.

며칠 뒤, 허탁은 호남선 열차를 탔다. 몸이 아프다는 송중원을 찾아가는 마음은 수수롭기만 했다.

송중원을 만난 허탁은 무척 놀랐다. 송중원의 몸은 앙상하게 말라 있었고, 몰라볼 정도로 얼굴이 수척했다.

"아니, 자네 병원에는 가 봤는가?"

"뭘 그리 놀라나? 자네 얼굴도 옛날 같지가 않은데."

송중원이 웃으며 말했지만 핏기 없는 얼굴에 피는 웃음은 억지스러웠고, 목소리에도 힘이 없었다.

"나야 반년 콩밥 먹은 거니까 곧 나아지겠지만 자넨 이거 안 되겠는데."

허탁은 박정애에게는 하지 않은 이야기를 송중원 앞에서는 마음 편하게 털어놓았다.

"아니 왜 반년 콩밥이야?"

움푹 들어간 송중원의 눈에 빛이 서렸다.

"그 얘긴 조금 있다 하고, 자당님 병환은 좀 어떠신가? 문안부터 드려야지."

"아닐세, 사람을 알아보지 못하시니까 그대로 괜찮네."

송중원의 얼굴이 어두워졌다.

"망할 놈들, 고문을 얼마나 지독하게 했으면……."

허탁은 뿌드득 이를 갈았다.

송중원은 입을 가리고 기침을 했다. 그의 핏기 없던 얼굴이 벌겋게 달아올랐다. 허탁은 그런 송중원을 안타깝게 바라보았다.

"자네, 이번에 나하고 함께 서울 좀 올라가세."

허탁은 폐병일 거라는 생각을 감추며 담담하게 말했다.

"서울에는 왜……?"

"병원에 좀 가 보세."

"아니야, 특별히 아픈 데는 없네. 약 먹고 있으니 곧 좋아질 거야. 내 걱정 말고 아까 그 얘기나 하게. 어째서 반년이나 콩밥을 먹었나?"

허탁은 병원 이야기를 일단 접어놓기로 했다. 분위기를 바꾸었다가 다시 말하는 게 더 효과적일 것 같았다.

"말도 말게. 압록강을 건너오다가 수비대 검문에 걸리고 말았어. 그놈들이 우리가 귀국한다는 정보를 입수한 거야. 나는 무조건 여행이라고 버텼지. 좀 맞기는 했지만 그놈들 올가미에서는 벗어났지. 그런데도 그놈들은 사상 불온 용의자로 재판에 넘겼어. 무혐의로 풀려나기까지 재판 기간이 반년이야. 반년 동안 감옥살이를 시키는 그놈들의 악랄한 수법이지."

"악랄한 건 자넨데. 사실이 드러났더라면 콩밥 3년은 틀림없는데."

송중원이 빙긋 웃었다.

"호호호…… 그 말도 맞네."

허탁은 아까부터 송중원의 부친을 만난 것을 말해야 할지 말지 종잡지 못하고 있었다. 송중원을 찾아올 때는 기쁜 소식이라고 생각했는데, 막상 집안 형편을 보니 너무 우환이 깊어 기쁜 소식일 것 같지 않았다. 자신은 송중원의 부친에게 이쪽 집안 소식을 전했다. 당연히 그래야 한다고 생각했다. 그런데 그 사실을 알면 송중원이 싫어할 것 같았다. 송중원이 아버지 때문에 일어난 집안의 우환을 아버지가 아는 것을 원치 않는다면 자신은 큰 실수를 한 셈이었다.

"춘부장 어른한테서는 무슨 소식이 있었는가?"

허탁은 조심스럽게 물었다.

"아니."

"이쪽 소식을 모르고 계시는가?"

"모르시는 게 낫지."

송중원의 지체 없는 대답이었다.

그 순간 허탁은 자신이 실수를 한 것이 아니라, 큰 죄를 저질렀음을 느꼈다. 허탁은 그 이야기를 다음으로 미루기로 했다.

"참, 홍명준이하고 박정애가 안부 전하더군."

허탁은 말머리를 돌렸다.

"음, 박정애 씨한테 폐가 많았어. 좀 단순해서 그렇지 인정 많고 착한 여자더군."

"꼭 단순하지만도 않네. 자기 예술을 이해하는 남자가 나타나지 않으면 평생 혼자 산다는 까다롭고 복잡한 인생관을 가지고 있지. 헌데, 박정애 말 들으니까 아우가 경성제대 의학부에 진학했다고?"

"응, 그 일도 쉽지 않았네. 퇴학당한 걸 감추려고 서울의 조선인 학교로 편입시키느라 애를 먹었지. 왜놈들 세상에서 그래도 간섭 덜 받고 살 수 있는 게 의사 같아서 그리 정하긴 했는데, 그 게……."

말끝을 흐리는 송중원의 얼굴에 그늘이 짙어졌다.

허탁은 하룻밤을 자고 길을 나섰다. 송중원은 아무리 권해도 병원 가기를 마다했다.

허탁은 들길을 혼자 걸으며 또 송수익 그분의 모습을 보고 있 었다. 자신이 집안 소식을 알렸을 때 그분은 아무런 내색이 없었 다. 그 무반응 앞에서 오히려 자신이 당황스러울 지경이었다. 그런 데 새벽녘에 눈을 뜨니 그분이 보이지 않았다. 뒷간으로 소변을 보러 나갔지만 그분은 없었다. 그런데 어디선가 흐느끼는 소리가 들려왔다. 그 소리를 따라 가만가만 걸음을 옮겼다. 집 저 앞에 누군가가 앉아 있는 모습이 희끄무레하게 보였다. 살금살금 걸음 을 옮겨 갔다. 땅에 무릎을 꿇고 앉은 사람은 틀림없이 그분이었 다. 그믐달이 뜬 새벽어둠 속의 허허벌판 만주 땅에 무릎을 꿇고 한 독립투사가 흐느끼고 있었다.

'아, 저렇게 울 울음을 참았던 것이로구나!'

가슴속에 그런 울음을 담고도 그렇게 아무렇지도 않게 강건할 수 있는 그분이 위대하게만 느껴졌다.

"어서 이 노자 받게. 이건 내 돈이 아니라 동포들이 주는 것일세. 자네들을 믿네."

그분은 '자네들'이라고 말했을 뿐 끝끝내 아들의 이름은 입에 올리지 않았다.

병은 마음을 약하게 한다고 했다. 허탁은 송중원이 약해질까 걱정이었다. 그분 이야기는 중원이에게 큰 힘이 될 수도 있었다. 다음번에는 그 이야기를 꼭 들려주리라 생각하며 허탁은 12월을 실어 오는 찬바람 속을 빠르게 걸었다.

그런데 1928년이 다 끝나 가는 12월 28일, 코민테른에서는 조선에 대한 중대 결정을 내렸다. 조선공산당의 승인을 취소하고, 재건 명령을 내린 것이었다. 그에 맞서기라도 하듯 조선총독부에서는 사상운동의 단속을 더욱 강화하는 내용으로 치안유지법을 개정했다.

〈9권에 계속〉

조정래 대하소설

아리랑

[제3부 어둠의 산하]

주요 인물 소개
소설에 담긴 역사 속 주요 사건

주요 인물 소개

송수익

사랑방 모퉁이에 서당을 차려 동네 아이들을 가르쳤으나 나라의 정책이 바뀌어 그마저도 하지 못하고 뒤숭숭한 마음에 신문을 읽으며 세상의 변화를 관망하고 있다가 의병을 일으켜 일본에 대항하고 국내 사정이 여의치 않자 만주로 이동해 독립 운동을 펼친다.

신세호

잃어버린 나라를 걱정하는 마음은 크지만, 직접 독립운동에는 나서지 못하는 양반으로 송수익과 친구이다. 집을 떠나 있는 친구를 대신해 그 집안을 보살피고, 독립운동을 후방에서 지원한다.

꿍허

의병 활동 중에 송수익을 만나 그의 손과 발이 되어 만주와 국내를 잇는 역할을 한다. 양반이면서도 모든 사람을 평등하게 대하는 송수익에 매료되어 존경한다.

송중원

아버지 송수익의 친구인 신세호의 도움으로 떠난 동경 유학 중에 허탁을 만나 함께 지하 독립운동을 펼친다.

송가원

송수익의 둘째아들로 아버지의 뜻을 따르는 방법으로 의예과를 졸업해 의사로서 독립운동을 돕기로 마음먹는다.

옥녀

소리꾼 옥비로 기방에서 노래를 하며 돈을 벌어 송가원을 보살피며 사랑을 키운다.

이경욱

일본인의 마름으로 재산을 축적하는 아버지 이동만을 부끄러워하면서 학생 독립운동에 참여한다. 옥녀의 소리를 들은 후 그녀에게 연모의 마음을 품는다.

허탁

송중원의 친구로 일본 유학 시 공산주의 사상에 빠져 지하 독립운동에 몰두한다.

박정애

일제 치하에서 부를 축적한 중인 계급으로 신분적인 열등감에 나라를 걱정하기보다는 개인의 삶에 집중하면서도 공산주의자 허탁에 대한 연모를 품고 어려울 때마다 그와 그 주변 인물들을 재력으로 돕는다.

양치성
아버지가 병으로 세상을 떠난 후 동생들을 부양하기 위해 구걸하다가 우체국장 하야가와의 눈에 띄어 일본 유학을 다녀온 후 정보 요원으로 일한다.

정도규
큰형 정재규와 작은형 정상규의 재산 다툼을 해결하고, 물려받은 재산으로 동네 사람들을 보살피며 국내외의 독립운동을 지원한다.

방대근
송수익을 따라 의병에 나선 소년으로 하와이 사탕수수 농장으로 팔려 간 방영근의 막냇동생이다. 신흥무관학교를 졸업하고 무장 투쟁의 길을 걷는다.

소설에 담긴 역사 속 주요 사건 : 1921~1933년

산미증식계획

일제가 한국을 일본의 식량공급지로 만들기 위해 1920년부터 1934년 사이에 실시한 농업 정책이다. 한국의 토지 개량을 통해 쌀을 증산하여 일본으로 보내 식량 부족 문제를 해결하겠다는 계획이었다.

노동 쟁의

1920년대 사회주의의 영향을 받아 일어난 노동자와 사용자 사이의 분쟁으로, 값싼 임금 문제와 열악한 노동 조건이 주요 쟁점이었다. 일제가 운영하는 공장에서 주로 발생하였으며, 반일·반제국주의를 내세워 경제적 항일 운동의 성격을 띤다.

자유시 참변

1921년 러시아령 자유시에서 한국 독립군인 사할린 의용대를 러시아 적군(赤軍)이 무장 해제시키는 과정에서 발생한 무력 충돌이다. '흑하사변(黑河事變)'이라고도 한다.

치안 유지법

1925년 일제가 반정부·반체제 운동을 단속하기 위해 제정한 법률이다. 무정부주의, 공산주의 운동 등 일제의 식민지 지배에 저항하는 일체의 사회 운동을 조직하거나 선전하는 자는 중벌에 처하도록 하는 탄압법이었다.

6·10 만세운동

1926년 6월 10일 순종의 출상일을 기하여 학생층을 중심으로 일어난 독립운동으로, 병인 만세운동이라고도 한다. '자주 교육', '타도 일제제국주의', '토지는 농민에게', '8시간 노동제' 등의 내용을 인쇄한 전단을 뿌리면서 대규모 군중 시위 운동을 전개하였다.

상해 임시 정부 국무령 김구

상해 임시 정부는 대통령의 권력 남용을 막기 위해 국무령과 국무원을 선출하여 견제하도록 한 내각책임제를 1925년부터 채택하였는데, 김구는 1926년 12월 국무령으로 선출되었다.

신간회

1927년 1월 민족주의 세력과 사회주의 세력이 연합해 조직한 최대의 합법적 항일 단체이다. 한국의 정치적·경제적 해방과 독립을 위해 국내외에 지회를 설치하고 근검 절약 운동과 청년 운동 지원 활동 등을 전개하였다. 1931년 해산하였다.

동맹 휴학

학생들이 교육 또는 정치적 요구를 관철하기 위한 수단으로 벌이는 집단적인 등교·수업 거부 운동이다. 일제강점기에는 항일 민족 운동의 대표적인 방법으로 활발히 전개되었다.

광주 학생의 맹휴 운동

1929년 광주역에서 한·일 학생 간의 충돌 사건 발생 후, 한국 학생에 대한 일방적인 매도와 처벌로 인해 촉발된 운동이다. 이 사건은 대항일 운동으로 발전했고, 광주 학생들은 동맹 휴교 투쟁에 들어갔다. 이어 가두 투쟁 단계로 넘어가면서, 민족 각 계층의 참여가 이루어졌고, 전국으로 확산되어 1930년 서울에서 3·1운동 이후 최대의 대일 민족 항쟁이 일어나는 계기가 되었다.

소작 쟁의

소작농이 소작 조건 개선을 위하여 지주를 상대로 전개한 농민 운동으로, 한국에서는 주로 일제강점기에 전개되었다. 일제의 토지조사사업, 산미증식계획 등으로 농민의 85퍼센트가 소작농으로 전락한 데다 각종 수탈의 대상이 된 농민이 소작권의 보장, 소작료 감면, 수리조합 반대 투쟁 등을 목적으로 내세운 운동이다. 1919년 최초 발생한 소작쟁의는 초기에는 경제 투쟁이었지만 1930년대 말부터는 일반 독립운동과 합류하면서 정치적 성격의 운동으로 바뀌어 갔다.

만주사변

1931년 9월 18일 일본 관동군의 만주 침략 사건이다. 만주의 이권을 차지하기 위해 일본은 중국 유조호에서 자신들의 관할이던 남만주 철도를 스스로 파괴하고는, 이를 중국 소행으로 몰아붙이며 군사 행동을 개시하여 만주를 점령하였다.

조정래 대하소설
아리랑 청소년판 8
초판 1쇄 2015년 6월 15일

원작 | 조정래
엮음 | 조호상
그림 | 백남원
발행인 | 송영석

펴낸곳 | (株)해냄출판사
등록번호 | 제10-229호
등록일자 | 1988년 5월 11일(설립일자 | 1983년 6월 24일)

121-893 서울시 마포구 잔다리로 30 해냄빌딩 5·6층
대표전화 | 326-1600 **팩스** | 326-1624
홈페이지 | www.hainaim.com

ISBN 978-89-6574-518-1
ISBN 978-89-6574-510-5(세트)

파본은 본사나 구입하신 서점에서 교환하여 드립니다.

이 도서의 국립중앙도서관 출판예정도서목록(CIP)은 서지정보유통지원시스템 홈페이지(http://seoji.nl.go.kr)와
국가자료공동목록시스템(http://www.nl.go.kr/kolisnet)에서 이용하실 수 있습니다.(CIP제어번호: CIP2015014274)